冷酷参謀の夫婦円満計画
※なお、遂行まで十年

戸瀬つぐみ

この物語はフィクションであり、実在の人物・団体・事件等とは、いっさい関係ありません。

冷酷参謀の夫婦円満計画　※なお、遂行まで十年

Royal Kiss more

1　君が一番まともそうだから

止まっていた歯車が、何かの拍子で急に動き出す。――それは大抵、何気ない日常を送っていた時に前触れなくやってくる。

この日がまさにそうで、ベアトリスはいつも通りの休日を過ごしていたはずだった。

給金が支給されたあとの休日は、決まって町の本屋に足を運ぶ。気になった数冊の本を購入したあと自分用の菓子を買い、最後はお気に入りの見晴らしのよい公園に立ち寄るところまでが、毎月の習慣となっていた。

芝生の上に座り目下に広がる景色を眺めながら、ゆっくりと流れる時間に浸る。心地よい風が吹いて、肩にかかる長さでそろえられた金茶色の髪とリボンを揺らした。

丘の中腹にある公園からは、このカルタジア王国の首都の町並みを眺めることができる。

ベアトリスは間違い探しのように、町並みから新しい発見をすることが好きだ。

建築中の時計塔についに大きな時計が取り付けられたこと、サーカスがやってきてテントが張られたことなど……どれも平和が訪れた証拠だと思える。

大陸のこの百年間は「暗冬時代」と呼ばれ、どこかで絶えず戦争が起きていた。

カルタジア王国は建国から十五年の新興国で、昨年ついに隣国との和平が成立し、曖昧だった国境が定められた。戦禍に見舞われる心配がなくなった首都では新しい建築物が次々に建てられ、町は賑《にぎ》わいをみせている。

そんな町の様子を前に誇らしい気持ちになるのは、平和をもたらした功労者の一人が、ベアトリスが仕えている主人だからだ。

ベアトリスは気難しい主人の顔を思い浮かべながら、芝に寝転んだ。まだ夕暮れまでは時間があるから、昼寝をするのも悪くない。でも空は青く、眠るには日差しが強すぎた。

まぶしさに目を細めていると、ベアトリスの頭上に突然日陰ができる。

「──ベアトリス、こんなところで何をしている?」

足音も気配もなかったのに、前触れなくベアトリスの視界に入ってきた人物がいたのだ。

「ご主人様!」

ベアトリスは地面に寝そべっていたことを恥ずかしく思い、慌てて起き上がる。

そこにいたのは、とても不機嫌そうな顔をしたベアトリスの主人──ラウノ・ルバスティだった。

年齢は、ベアトリスより十歳年上の三十二歳。この国の軍で参謀長を務めている人物だ。ベアトリスは十二歳の時に、奴隷《どれい》として売られそうになっていたところを彼に助けられ、生きる場所を与えてもらった。

もし主人がいなかったら、ベアトリスは家族を失った悲しみと復讐《ふくしゅう》心を抱えながら、きっと今頃奴隷として酷《ひど》い生活をしていただろう。

主人はベアトリスの恩人だが、この国にとってもなくてはならない人物だ。国王の右腕であり平和の立て役者でもあるが、どうもその功績と世間の評判には差がある。

彼の銀色の髪は鉄の色と似ている。

緻密《ちみつ》で容赦のない行動と相まって「鉄の参謀」などと呼ばれている彼は、カルタジア王国の闇の部分を背負ってきた人物としても有名だった。

「どうしてご主人様がここに？」

彼は滅多に徒歩で町を歩かない。ましてわざわざ丘を登らないとたどり着けない公園に、用事があるとは思えなかった。それに今日の予定では、夕方まで軍の任務で帰宅しないはずだった。予定通りを好む主人が、休暇でもないのに昼のうちに帰宅するのは珍しい。

　ベアトリスが質問をすると、主人は凍えるような瞳でじっと見下ろしてくる。

「こちらが質問している。君はここで何をしているんだ？」

老若男女問わず、大抵の人はこの冷たい瞳に睨《にら》まれるとひるんでしまうが、ベアトリスは慣れのせいか気にならない。

世間では冷酷と恐れられている人だが、ベアトリスは知り合ってから十年間、一度も彼を怖いと思ったことがない。

「町を眺めたあと、昼寝をしようとしていました」

「一人の時に外で昼寝などするな。危険で愚かな行動だ」

注意を受けてしまうが、確かに主人が正しい。いくら平和な世になったとはいえ、眠っていたら財布を盗まれることもあるだろう。

「……はい。次からは、気をつけます」

「わかればいい。……戻るぞ。下で馬車を待たせている」

主人は短く告げ、さっさと踵《きびす》を返そうとする。

「あの……」

態度から、ベアトリスにも同行しろと言っているのだとわかった。でも、素直についていってよいのか迷う。使用人は主人と一緒の馬車に乗ったりしない。ベアトリスだけでも、歩いて帰るべきなのだ。

ベアトリスはまだ少女と言える年齢だった頃から彼に仕えている。そのため主人はベアトリスのことを子ども扱いし、保護者のように振る舞う時がある。それは他の使用人と平等の扱いとは言えないので、成長してからは甘受しないよう、ベアトリス自身が戒《いまし》めていた。

しかし、主人の意思を無視するのも抵抗がある。どうすべきかわからず戸惑っていると主人は振り返り、ついてこないベアトリスに呆れたような視線を向けてくる。

「急ぎの用があるから言っている。あまり待たせるな」

「……では、お言葉に甘えて」

理由があるのならしかたない。そもそもここは、彼が偶然通りかかることのない場所だ。わざわざ迎えにきてくれたのだと理解した。

ベアトリスが立ち上がり主人のあとをついていくと、彼の言った通り丘を下ったところに馬車が待機していた。

馬車に乗り込む時、ベアトリスの身体は硬くなる。主人が手を差し出してきたからだ。

女性が馬車を乗り降りする時に手を貸すのは、男性のマナーとして一般的なものだが、主人から貴婦人のように扱われることに関してベアトリスには苦い思い出がある。きっと主人ものことを忘れてはいないだろう。

自然と馬車の中は気まずい空気になり、主人がどうして迎えにきたのか、その用件を話してくることもなかった。

間もなく見えてきた建物は、主人が身ひとつで手に入れた、功績の象徴のような立派な建物だ。

「ご主人様、乗せていただいてありがとうございました。荷物を置いてすぐにご用をうかがいに参ります」

ベアトリスは馬車を降りて、そのまま屋敷の裏手から使用人専用の扉を使って中に入っていく。

荷物を置いて、土や埃《ほこり》がついてしまった服から支給されているお仕着せに着替えて、主人の書斎へ向かう。

急な用件とはいったい何のことだろう？　怒られるようなことをしてしまった記憶はない。

考えながらも、ベアトリスは騒音を嫌う主人の機嫌を損ねないよう、軽く扉をノックしたあと静かな足取りで入室した。

「遅い」

主人は椅子に座りもせずに、書斎机の奥にある窓際に立っていた。

西に傾いている光を背負った主人の銀髪は、今、太陽をそのまま溶かしたような色に見えとても綺麗だ。

「ご主人様、ご用とは何でしょうか？」

ベアトリスが問いかけると、主人はなぜか身体の向きを変えて窓のほうを向いてしまった。

それから咳払《せきばら》いをひとつして言い出す。

「仕事を理由に人からの誘いを断るのはやめろ。おかげでルバスティ家はどれだけ使用人を酷使しているのかと、悪評が立っている。男という者は勘違いしやすい。今度からは完膚《かんぷ》なきまで叩き潰せ」

まるで自分の行動すべてを見てきたような口ぶりに、ベアトリスは冷や汗をかく。

カルタジア王国は今、空前の結婚ブームとなっている。戦いにかり出される心配がなくなったことで、家庭を持とうとする者が多い。政府もそれを推奨していて、大規模な祭りを開催したり、新婚夫婦に対して税の免除を行ったりしている。

その流れからか、ベアトリスもここ最近男性に言い寄られることがあった。

十代で結婚する女性も多い中、二十二歳で恋人もいないベアトリスにはお手頃感もあるのか、今日もよく立ち寄る商店の男性から「一緒に祭りに行こう」と誘われた。

主人が言うように、無難に躱《かわ》そうと仕事を理由に断ってしまったのだが……それがルバスティ家の評判を落とすことになるとまでは、考えが至らなかった。

確かに遊びにも行けないほど労働環境が劣悪だという噂《うわさ》が流れたら大変だ。主人の評判をさらに落としてしまうし、新しい使用人を雇いにくいという問題も発生する。

（でも……）

彼には「鉄の参謀」だけではなく、「千の耳と目を持つ男」というふたつ名があった。

かつて暗部に所属し、今も影の者達を支配下に置く主人の情報の多さと速さは恐るべきものだということはベアトリスも知っているが、いくらなんでも一介の使用人に過ぎない人間のことを、把握しすぎではないだろうか。

不満はあるが、反抗しても勝てないことはわかっている。

ベアトリスは主人の視線がこちらを向いていないのをいいことに、一度口を尖《とが》らせてから、反発を隠して謝罪する。

「……それは申し訳ありません。次からは別の理由を使えるよう考えておきます。それにこの屋敷はとてもお給金がよいという噂も流しておきますね。あと、支給されている備品も素晴らしいです。おかげで私の髪も肌もサラサラです」

ベアトリスは、得意気になって自分の髪に触れた。年齢と共に濃い色になっていった髪だが、庶民にしてはよく手入れが行き届いていて、今でも褒められることが多い。これもルバスティ家から支給されている高価な洗い粉や整髪油のおかげだ。

主人が冷酷で気難しい人物だということで使用人の応募は少ないが、実際に働いてみれば待遇はよく、皆快適に過ごしている。

「今は使用人の数は間に合っているから、無駄なことはするな。ところで……」

用件は他にあったのか、主人は話題を切り替えてきたが、時間を惜しむ彼にしては珍しく間を持たせてきた。

ベアトリスはただじっと待つだけだ。背筋を伸ばして待ち構えていると、主人は背を向けたまま再び口を開く。

「私は今度、結婚することになった」

「……ご結婚ですか？　ご主人様が？」

ベアトリスは耳を疑う。

主人はかつて「結婚とは終わりのない拷問《ごうもん》だ」と平気で口にしてしまうほどの、完全なる独身主義だったはず。急にどうしたというのだろう。

「そうだ。その準備を君に任せたい」

「…………！」

ベアトリスは動揺を悟られぬよう、平常心を装う。でも、自分の中で長らく封印してきたはずの感情が、湧き出ているのがわかった。

使用人として忠誠心を見せることができるか、ベアトリスは今、試されているのかもしれない。

（まさに鬼畜の所業ですね……ご主人様。人の気も知らないで……）

皆は主人のことを怖い冷たいと言うが、ベアトリスにとっては優しい主人だ。

住む家と食べ物を与えてくれただけでなく、一番の願い事を叶えてくれた人でもある。

独身主義の主人が年老いてよぼよぼになった頃、偏屈すぎて他の使用人に逃げられてしまっても、自分だけはそばにいようと思っていたくらいだ。

一人で勝手に裏切られた気持ちになるが、ここはぐっと堪《こら》えるしかない。

「……かしこまりました。では、必要なことは書面に記していただければ、万全の態勢で奥様をお迎えいたします」

そっけない口調でそう返したが、主人は咎《とが》めてくることはしなかった。

「では今、口頭で伝える。メモは必要か？」

主人は一瞬振り返り、書斎机の上にある羽根ペンと紙に視線を移していた。

ベアトリスがそれらを拝借し準備が整うと、主人は窓際をゆっくりと右に左に歩きながら、伝達をはじめる。

「――花嫁の名前は、ベアトリス。婚礼の衣装は花嫁の要望通りに。挙式は準備が整い次第最短で、できるかぎり簡略化。招待客は必要最低限……こちらはあとで私がリストを制作する。以上だ」

ベアトリスが最初の一文字しか書けなかったのは、彼があまりに早口だったからだけではない。自分の名前が出てきたからだ。

世の中にベアトリスという名を持つ女性は、たくさんいる。特別珍しい名ではない。主人に選ばれた花嫁が自分だなんて……もしも勘違いして否定されたら立ち直れない。

ベアトリスが羽根ペンを持ったまま固まっていると、主人は立ち止まり、ようやく視線を合わせてきた。

「顔が酷いことになっているぞ」

おかしな顔にさせているのは、他でもないこの人だ。ベアトリスはどうしたものかと悩みながら、慎重に確認をはじめる。

「あの……ご主人様のお知り合いに、ベアトリスという名前を持つ者は何人いらっしゃいますか？」

「生きている人間では、目の前の一人しかいないな」

「…………！」

これは、勘違いではない可能性が高くなってきた。

「り、理由を……なぜ突然結婚しようと思ったのか、その理由をお聞かせ願います！」

突然の主義変えに至った経緯がわからず真剣に問うと、主人は珍しく少し考え込んでからぽつりと言い出した。

「どうやら平和な世に、私のような参謀は不要らしい」

「そんな！」

ベアトリスは彼がこの国のために尽くしてきたことを知っている。戦乱が終わったからもう不要だなんて酷い話だ。

「いつまでも独り身で仕事ばかりしていると、策謀を巡らせているのではないかと人を怯《おび》えさせてしまうそうだ」

「あ……うっ」

世間での評判は確かにその通りなので、はっきり否定できないのが悔しい。ただ主人はそんな評判を気にしてはいないようで、淡々と説明を続けてきた。

「そこで、人に与える印象を変えろという王命が出た。最近推し進めている国策の一環でもあるし、新しい任務にも妻役が必要だ。私はこれから仕事より妻子を優先する愛妻家となり、夫婦円満で穏やかな生活を送っていることを世間に知らしめなければならない。そして君を選んだ理由は、長時間一緒にいることに耐えうる人間の中で一番……」

一番？　そのあとに続く言葉は何だろう。ベアトリスはつい、特別な言葉がもらえるのではないかと期待してしまう。

しかし、しばらく待っていると主人はベアトリスに背を向け、窓のほうを見ながらこう言った。

「君が一番まともそうだからだ」

「……お褒めに与《あずか》り、光栄です。純粋な任務なんですね……納得いたしました」

思わず肩を落とす。

よく考えてみると、今まで女性に冷たく接する主人を散々見てきたはずだった。期待するほうがどうかしていた。

つまり主人は国王の命令で妻帯することになり、おそらく面倒だからという理由で、勝手知ったる相手であるベアトリスを選んだのだ。「妻」ではなく「妻役」。これは偽装結婚という解釈で合っているのだろうか？

「新しい任務について、お聞きしてもよろしいのですか？」

「ああ。スヴァリナ総督に着任する内示が出ている。結婚後は軍を退いてすみやかにスヴァリナ州に赴任することになる」

「それは！」

スヴァリナ州と聞き、ベアトリスは驚く。

平和になったこのカルタジア王国内で、現在唯一不安要素を抱えている地域がスヴァリナ州だ。十年前まではスヴァリナ公国というひとつの小国だったため、併合された現状をよく思わない人が多くいる。もともと言語も文化も違う国だったから無理もない。

そしてベアトリスには、その地の名を聞いて内心穏やかでいられない理由があった。

「あの……ご主人様、スヴァリナが私の故郷だということも含めて、この提案をなさったのですか？」

ベアトリスはスヴァリナ生まれだ。家族を失いあの場所を脱出して以来、一度も帰郷していないが、今も故郷に対しては複雑な思いを抱いている。

彼はどこまで狙って、ベアトリスをスヴァリナに連れていこうとしているのか。主人の本音を読み取ろうと見つめてみたが、ただ睨み返されるだけだった。

「言っておくが強制しているわけではない。選択権は君にある。断るなら他の相手を考えなければならないが……」

それは、ベアトリスにとって脅しのように聞こえた。

決断できないなら主人は他の人と結婚してしまう。それはどうしても嫌だった。

「いえ、お引き受けします。でも……本当に私でよろしいのでしょうか？　いろいろ……不都合はございませんか？　生まれとか、身分とか……そのいろいろ。使用人と結婚したなどと笑われないでしょうか」

「問題ない。地元出身の妻……一番の適任者だ。それに君は真面目だから、その気になればなんでもこなしてくれるだろう？　結婚後は、私の妻として印象操作に協力してもらうことになる。なんせスヴァリナでは、私は死ぬほど嫌われているから」

確かに、主人のスヴァリナでの評判はこちらよりさらに悪いはず。

主人は十年前の混乱時にカルタジア王国軍で活躍していた。当時敵同士だったスヴァリナにとって、ラウノ・ルバスティは仇《かたき》のような存在なのだ。

それでも主人が総督に任じられるのは、十年たっても安定とはほど遠いスヴァリナの現状を打破するためなのだろう。

「ご主人様の好感度上昇のため、全力で取り組む所存です」

ベアトリスは見よう見まねの軍隊式の敬礼をしたが、ただ顔をしかめられただけだった。

「まあいい。私から結婚の打診をし、君はそれを引き受けた。交渉は成立したな？　あとから撤回はできないぞ」

「はい！　ようやくご主人様のお役に立てそうで、嬉しいです」

「結婚に関する雑務はすべて任せる。細かいことは家令と相談してくれ。もう下がってよい」

「ご命令、承りました」

おおよそ、求婚した側とされた側とは思えないやりとりを終わらせ、ベアトリスは言われた通りその場をあとにした。

主人の部屋を出たベアトリスは、命令通りまずは家令と侍女頭の姿を探す。

使用人達が使用している部屋があるあたりの区画を目指し、廊下の角を曲がったところで、目当ての人物に遭遇した。

「コンラードさん！　ヘレンさん！」

ルバスティ家の家令コンラードは、侍女頭のヘレンと二人でそこにいた。コンラードとヘレンは夫婦で、仕事としても一緒にいることは珍しくないのだが、今はベアトリスがやってくるのを待っていてくれたらしい。

「ベアトリス、おめでとう。今、夫から聞きました」

ヘレンが真っ先にほがらかな笑みで祝いの言葉をくれたので、ベアトリスは彼女と手を合わせて喜びを分かち合う。

ヘレンの喜び方からすると、主人は二人に偽装結婚であることを伝えていないようだ。

ベアトリスの〝ご主人様至上主義〟は、この家に仕えている者達なら誰でも知っていることだ。

主人が「誰でもいいから」と人を呼んだ場合、ベアトリスは一番に駆けつける。どんな雑用でも、主人に命じられたものなら喜んでこなす。

そんなベアトリスだから、結婚の申し込みになんと返事をしたのか、わざわざ確認しなくともわかっただろう。

女性二人でしばらくはしゃぎ、それが落ち着いた頃にコンラードが話しかけてくる。

「それでご主人様はなんと？」

「結婚に関する雑務はすべて任せる。……だそうです」

ベアトリスは嬉々として、主人の口まねをしながら伝えた。伏し目がちにして、眉間《みけん》に皺《しわ》を寄せてみる。

「まあ！　まあ！　信じられない。私なら十回はやり直しさせるところですよ」

ヘレンは辛辣《しんらつ》に主人を評価した。

「ご主人様は照れていらっしゃったんだよ」

男性としての擁護か、コンラードがそんなことを言い出したが、ベアトリスとヘレンはそれを冷ややかに受け流す。

「とにかく、花嫁自ら準備をする必要はないですからね。私達にお任せください。未来の奥様」

「はい。これからもどうぞよろしくお願いします」

ベアトリスが主人に拾われた時、ルバスティ家の使用人はこの二人だけだった。それから主人の出世と共に使用人の数も増えていったが、付き合いの長いこの夫婦との絆《きずな》は特別だ。

ちょうど親子ほど年が離れていることもあり、二人から送り出されて巣立っていくような、逆に迎え入れられるような、どちらとも言えない複雑な心境になり、ベアトリスは少しだけしんみりとした。

結婚式の準備は、コンラードとヘレンが中心となって進めていってくれた。

他の使用人も協力的で、ただの孤児であるベアトリスがラウノ・ルバスティの花嫁になることに、誰も異議を唱えなかった。

新興国であるカルタジア王国だからこそ許容されたのだが、自分の人生において祝福される日がやってくるなんて思っていなかったベアトリスは、まだ戸惑いのほうが大きい。

花嫁衣装、それに女主人としてのドレスが大量に注文され、結婚に向けてルバスティの屋敷は一気に慌ただしくなっていく。

この日は宝石商が呼ばれて、ベアトリスが身につける宝石を見繕うことになっていた。

選んでくれるのは、コンラードとヘレン……それに宝石好きの幾人かの若い使用人達だった。

ラウノは屋敷にいたが、「好きに選べ」などと言って我関せず部屋にこもっているようだ。

怖い主人がいないことをいいことに、使用人達はこれがいい、あれがいいなどと自由に選び、宝石商はさりげなく高額なものへと誘導していく。

パール、ダイヤモンド、エメラルド……希少な宝石が次々に並べられていった。

「あとはそうね、サファイアとルビー、アメジストも見せていただこうかしら？」

ヘレンが市場の野菜を買うように言うものだから、ベアトリスは戸惑った。

「……あの、ヘレンさん。とりあえず結婚式用とそれ以外の時用の二種類があれば十分ですよ」

こんなにたくさんの宝石を一度に買うなんて、心臓に悪い。

ベアトリスが散財を止めに入ったところで、宝石商の男の視線が動く。彼のぎょっとした視線の先を追うと、いつの間にかラウノが姿を見せていた。

「これはこれは、参謀長閣下！」

そこに立っているだけで、周囲の温度が下がると言われているラウノだ。宝石商は一瞬抱いたであろう恐れを隠し、丁寧な挨拶をはじめる。

しかしラウノは挨拶など面倒だと手振りで制して、ベアトリスに近付いてきた。

「気に入ったものはあったのか？」

女性の買い物になど付き合いたくないだろう主人でも、一応気にしてくれたらしい。

「はい。皆さんが素敵な品物を選んでくださいました。ですが、少し贅沢《ぜいたく》が過ぎたかもしれません」

ベアトリスがそう言うと、ラウノの表情が一気に険しくなってしまった。

慣れない宝石商の男は、ひっと息を呑んでいた。ラウノはそれを気にもせず、怖い顔でベアトリスを睨んでくる。

「妻に宝石を買うと私は破産するとでも思っているのか？　面倒だ。すべて購入しろ」

「……え？」

ベアトリスが思わず聞き返すと、ラウノは二度も言わせるのかと煩《わずら》わしそうにする。

「すべて購入しろ。いいな？」

これにいち早く反応したのは、商魂逞《たくま》しい宝石商の男だった。

彼はついさっきまで、噂の冷酷参謀長との遭遇に怯えていたのに、今は頬の血色をよくさせながら、ものすごい速さで何かを書き付けている。そして……。

「こちらが契約書になります」

満面の笑みで差し出してきた書類をちらりと覗《のぞ》いたベアトリスは、さっと血の気が引いた。

契約書だと言ったその紙には、恐ろしい金額が書かれていたからだ。

しかしラウノは何のためらいもなく、そこにサインをしてしまう。

（……大丈夫なのかしら？）

ラウノはこの国の誇れる参謀長で、軍では兵士や食料、予算についても熟知している。だから数字の計算ももちろん得意なはずだ。家が破産するような浪費はしないはず。……そう信じたいが、ベアトリスが大丈夫か判断できる領域から外れてしまっていて、思考が追いつかない。思わず顔を青くさせていると、ヘレンが小さな声で耳打ちしてきた。

「大丈夫ですよ。旦那様は無趣味独身でたんまり貯《た》め込んでおりましたからね。今使わなければ、いつ使うのでしょう」

「今じゃなくても、使うべき時がこれからいくらでもあると思うのですが……」

納得できずにいるベアトリスだったが、またラウノがじろりと睨んできたので口を噤《つぐ》むしかない。

「さあさあ、お茶の時間にしましょう。お二人とも一息吐《つ》いてくださいな」

宝石商が帰っていったあと気疲れしてしまったベアトリスを見て、ヘレンがそう提案してくれた。

ラウノもその場に留《とど》まっていたので二人で長椅子に座り、用意してもらったお茶と菓子を口にする。

こういう時、仮にも結婚を約束している二人ならば楽しくお喋《しゃべ》りをするべきだろうが基本的にラウノは必要なことしか話さない人だ。

普段であれば気の利いた話題をあげるはずのベアトリスが気力を失い黙っていたせいで、沈黙のティータイムとなってしまう。

ようやくラウノが話しかけてきたのは、ベアトリスの一杯目のカップが空になった頃だ。

「どうだ？　明日にはよい噂が広まるのではないか？」

「……なんのことでしょう？」

足を組んだラウノは、どうしてか得意気でもある。明日よい噂が広まるかもしれないような出来事がいつあったと言うのだろう。

ベアトリスがまじまじと見返すと、ラウノはなぜわからないのかと眉根を寄せる。

「未来の妻に惜しみなく宝石を贈ってみせた。宝石商はこの話を周囲にして、私が婚約者を……いや、大切にしていることが世間に広まるだろう」

「なるほど。ご主人様の作戦だったのですね。ええ、そうでしたか。よくわかりました」

「作戦の他に何がある？」

ベアトリスのがっかりした心情など、ラウノには決してわかるまい。散財させてしまって、申し訳ないなんて思った時間を返して欲しい。

彼にとって重要なのは、任務である結婚を成功させることなのだ。

宝石だけではない。ドレスや靴を扱う有名店の店員を屋敷に呼びつけていたのも、このためだったのだ。

彼の言うところの「印象操作」である。

噂というものはどこまでも広がっていくものだから、赴任前から念入りに工作しているのだ。彼はとても用意周到だった。

つまり購入したものは、ベアトリスのものではない。もしかしたら、必要最低限の品を残して再度売りに出すかもしれない。

彼の計画に翻弄《ほんろう》され、ものすごく損をした気分だ。

贅沢がしたいわけではないが、倹約家であるはずの彼がベアトリスのためにしてくれたことが嬉しかった。そしてとっくに消え失《う》せていたと思っていた乙女心は、確かに美しいドレスや宝飾品に躍っていたのだ。

ラウノ・ルバスティ相手に、なんと愚かな期待を抱いてしまったのだろう。

ベアトリスは出されていた菓子を一気に頬張りながら、二度と騙《だま》されないと自分自身に誓った。

もぐもぐと口の中にたくさんの菓子を入れたベアトリスの気持ちは、同じ女性であるヘレンには伝わったのだろう。彼女はため息を吐きながら主人に意見をはじめる。

「失礼ながらご主人様……今回のやり方は真の愛妻家とはほど遠いと思われます。非常に表面的で安易な手法でございました」

「まさか！　何を言い出すんだ。私は完璧な方法をとったはずだ。ベアトリス……君はこの件についてどう思った？」

ラウノは同意を求めるように、ベアトリスを見つめてくる。

「ご主人様はご主人様なので、個人的にはなんとも思いません」

「なんとも？　……それはいい意味なのか？　悪い意味なのか？」

ヘレンから「悪い意味に決まってます」と断定の言葉が飛び出したので、ベアトリスはそれに軽く頷《うなず》いてから、じっとラウノを見つめた。

「この前おっしゃっていた、印象の改善には至らないでしょう。ただルバスティ家にはお金が余っているのだと思わせただけです」

ささやかな仕返しのつもりで発言すると、ラウノは額を押さえ込む。

「……では、どうしろと言うのだ」

その態度から彼がどれだけ真剣に考えて行動したのか伝わってくるが、ベアトリスの中ではただ残念さが増すばかりだ。

見かねたコンラードが進み出てきて、既婚者として……人生の先輩として丁寧にラウノに助言をはじめる。

「僭越《せんえつ》ながら申し上げます。大事なのはまず接し方です。贈り物はなんでもいいから全部買うのではなく、相手に似合うものを自分で選ぶのです。そして何より、女性を睨んではいけません」

ラウノから「睨んではいない。これは地の顔だ」などと細々とした言い訳が聞こえてくるが、強気の家令夫婦はこれを無視した。

「夫の言う通りです。ベアトリス……ではなく奥様を見つめる時は、にこやかにしてみてください」

「にこやか？」

ラウノが怪訝《けげん》な顔をする。そしてしばらく考え込んでから、ベアトリスに向き合った。

「ひっ……」

その時のラウノの顔はひくひくと痙攣《けいれん》していて、あまりにも不自然だった。笑っているつもりなのだろうが、まったく笑えていない。

たとえるなら、断末魔を上げても死にきれない悪の枢軸《すうじく》。……そんな表現をしたくなる確実な違和感がある。はっきり言って睨まれているよりずっと怖かった。

「やめておきましょう！　これは一番難易度が高そうです。ご主人様はほら……なんと言ってもクールなお顔が素敵なんですから」

ラウノが機嫌を損ねないよう、ベアトリスは言葉を選びながらやめさせた。

「奥様！　奥様もですよ。ご主人様という呼び方は間違っているわけではありませんけどね……いつまでも使用人のようではいけません。何か特別だとわかる親密な呼び方をしてみたらどうでしょう？」

ヘレンの提案にはラウノも「それもそうだ」と反応した。彼は対象が自分自身でなければ、冷静で公平な考えができる人だ。

「では、名前で呼んでみろ。考えてみると、私のことを名前で呼ぶ者は誰もいないからちょうどいい」

ベアトリスと使用人達は密かに顔を見合わせた。全員が「友達がいないんだな……」という共通の認識を持ったに違いない。

そして彼に命じられて拒否できるベアトリスではなかった。

横並びに座っていた位置を少し内側にして、姿勢を正してから深呼吸をする。

「ラウノ様」

それはとても新鮮な響きだ。そして確かに特別な気持ちになれる嬉しいものだった。名を口にしただけで鼓動さえ速まってしまう。

しかしラウノはまだ何か不満そうだ。

「夫婦は対等でなければならない。様はつけるな」

「でもそれは……」

なんとなく、抵抗がある。ベアトリスはもともと人を呼び捨てにはしないから。

しかし、異論は認めぬと無言で睨まれてしまう。ヘレンも期待を膨らませるような視線でベアトリスを見守っている。

「では、……………ラウノ」

名を呼んだだけで、ベアトリスの頬はかっと熱くなる。

それに気のせいだろうか？　ラウノの機嫌がよくなったように見える。

「いいですね！　それでいきましょう」

ヘレンが大げさに手を叩いたものだから、ラウノはすぐに真顔になってしまったが、ベアトリスにはじんとあたたかいものが残り続けていた。

名前の呼び方を改めることは決まりとなったが、それだけでは不足がある。

「他に有効な提案ができる者はいないか？」

ラウノは一度散らばっていた使用人達を集め、まるで会議でもするかのように広く意見を募りはじめた。

すると一人の女性使用人が、遠慮がちに手を挙げてくる。

「あのぅ……お二人の座っている場所に、拳二個分の隙間があります。普通の新婚夫婦であれば密着が基本ですし、できればご主人様は奥様の肩に手を回すべきかと」

「こうか？」

ラウノが座る位置を変え、言われた通りベアトリスの肩に手を回してくる。

「いいですね。懐に入れて守りたいって感じが出ております」

ラウノはこれを受け入れ、頷いていた。一方ベアトリスは、彼にこれほどまで近付いたのは久しぶりなので、落ち着かない。

耳が熱を持っているのがわかった。そんなベアトリスを追い詰めるかのように、別の使用人がさらなる提案をしてくる。

「よろしいですか？　私からもご提案いたします。いっそ奥様にはご主人様の膝の上に乗っていただくのはどうでしょう」

上に座った。

ラウノからやってみろという無言の目配せをされ、ベアトリスは一度立ち上がると彼の膝の上に座った。

緊張のあまり硬くなってしまうベアトリスだが、ラウノも硬い。しかしヘレンはそんな二人を見て、しげしげと頷いた。

「これならご主人様の表情が怖くとも、妻に近付く者を警戒する独占欲強めの男に見えなくもないです……ええ、たぶん」

ヘレンにそう言われ、ベアトリスはなんだか照れくさくなる。

「ご主人様に抱っこしてもらえたのは、出会った時以来です」

「……あれはただ担いだんだ。記憶を改ざんするな」

そう言って、彼は今度こそ機嫌を損ねてしまった。

「貴様らの見世物になるのは耐えられない。必要な時に必要な場所でやる」

本気で怒られる前に、ベアトリスはラウノの上から下りて彼の隣の位置に戻る。

「ご主人様、重たかったですよね。申し訳ありません」

「重いわけがないだろう。侮るな。それより呼び方が元に戻っている。慣れないようなら、ご主人様と呼んでしまった場合、間食抜きの罰則でも作ろうか？」

ラウノは失敗を嫌う。うっかりという言葉は言い訳にならないのだ。

ベアトリスは「妻役」として落第点をつけられないよう、気を引き締めなければならなかった。彼の言葉を真剣に受け取り、今後失敗しないという誓いを込めて頷いた。

　そんな二人のやりとりに入ってきたのは、ヘレンだ。

「ああ、もう！　だからなぜそこで脅すんですか！　どうせなら『間違って呼んだらそのかわいい唇にキスするぞ』くらい言ってくださいませ」

「ヘレン、口にして恥ずかしくならないか？　恋愛小説の読みすぎだ」

　ラウノはヘレンに冷ややかな視線を浴びせると、もう十分だと言って部屋から出て行ってしまった。

2　監視していたんじゃない、見守っていたんだ

結婚式を明日に控えたこの日、ベアトリスは町まで足を運んでいた。

結婚後、すぐにスヴァリナ州に向かわなければならないので、首都でお世話になった人に別れの挨拶をしに行こうと時間をもらったのだ。

よく通っていた菓子店、雑貨店、それにルバスティ家で働いたことがあり、結婚後屋敷を離れた元同僚など、急にベアトリスが顔を見せなくなったら心配するかもしれない人達のところへ行き、故郷に帰ることを告げる。

一通り回って、最後に立ち寄ったのは馴染《なじ》みの本屋だ。この店の長い髭《ひげ》を生やした老店主とは、よく言葉を交わす仲だった。

「そうかい、お嬢ちゃんはスヴァリナ出身だったのかい。あのあたりは荒れていると聞くが大丈夫なのかい？　誰か頼れる家族や親戚でもいるならいいんだが」

首都を離れることを告げると、老店主は寂しそうな、そして心配そうな顔になっていた。行き先が、問題を抱えているスヴァリナ州だと知ったからだ。

「もう家族はいませんが、今回はその……婚約者の仕事の都合なので、危険は少ないと思います」

婚約者という言葉を口にすると、頬のあたりがくすぐったくなる。

「そういえばお嬢ちゃんは、あのルバスティ家にお勤めだったね。さてはお相手は軍人さんか！」

「ええ、そうです」

ベアトリスは苦笑いして、肯定した。

老店主はベアトリスの結婚相手について、ルバスティの屋敷で働いていることがきっかけで出会った軍人と推測したようだ。それは勘違いではないのだが、まさかラウノ・ルバスティ本人と結婚するとまでは想像していないだろう。

一般庶民の感覚で言えば、軍の高官と身寄りのない孤児では身分違いの結婚となる。新興国のカルタジアだからこそ厳しく制限はされないが、驚かせてしまうのも気が引けるので、あえて詳しいことは言わないようにした。

それでも結婚相手が身元と職のしっかりとした人物だということは伝わったようで、老店主に笑顔が戻る。

「そうかいそうかい。そりゃあめでたい。結婚するなら、何かお祝いをしなきゃいけないな」

「いいえ！　そんな、とんでもない。お気持ちだけで十分です」

「遠慮しなさんな。なに、たいしたものは渡せないよ。ああ、ちょうどいいものがあった。こっちへおいで」

老店主は今までいたカウンターから出てきて、店の奥へとベアトリスを案内してくれる。そうして柱の陰に隠れがちな目立たない書架の前で足を止めた。

「あったあった。これだ」

「これは……！」

ベアトリスに手渡されたのは、スヴァリナ語の文字で書かれた本だ。

「お嬢ちゃんの出身地を知っていたら、もっと早く紹介していたんだが……二ヵ月ほど前に入荷してきたものでな、あちらで人気が出たものと聞いたが、うちの店にはスヴァリナ語の本を探しにくる客などいなかった。目立たない場所に置かれたままでいるより、読んでくれる人の手に渡るほうがいい。この本をもらってくれんかね？」

「あの……ありがとうございます」

ベアトリスは老店主の気持ちが嬉しくて、素直に本を受け取ることにした。

「なんと書いてあるのかわからんのだが、これはどういう本なのだろう。童話か何かかい？」

「ええ、そうみたいです。題名を訳すと『眠りの竜と姫君』……？」

老店主に請われ表紙に書かれた題名を訳したベアトリスは、そこで一瞬黙り込んだ。

（どうしてこのお話が？　……それとも偶然？）

しっかりとした表装にスヴァリナ語で書かれた題名『眠りの竜と姫君』は、ベアトリスの知っている物語だった。しかしそれは、本としては存在しているはずがないものでもあった。

十年以上前、まだベアトリスが家族と暮らしていた頃、自分で考えて作り出した物語だったのだ。

竜と姫が出てくるお話ならいくらでもある。それに題名だけなら、たまたま同じになることもあるだろう。しかしそれがスヴァリナ語で書かれていたせいで、ベアトリスの中では封印したはずの過去の記憶が一気に蘇《よみがえ》ってきてしまった。

「どうかしたのかい？　具合でも悪くなったかのう？　顔色が悪いようだ」

「いいえ！　ただ驚いてしまって。……子どもの頃、弟に何度も語った懐かしいお話だったもので」

ベアトリスは受け取った本をぎゅっと握りしめた。過去を懐かしむ気持ちには、どうしても悲しみがつきまとう。

「お爺《じい》さん、ありがとうございました。この本、大切にします」

「ああ、とにかく身体に気をつけてな。首都に戻ってきたらまた顔を見せておくれ」

「はい。またお会いしましょう」

書店を出たベアトリスは、急いで帰路についた。本の中身が気になってしかたなかったのだ。

屋敷に戻ると、ヘレンに帰宅の挨拶だけして部屋にこもる。この屋敷に来た頃から使っている一人部屋だ。

着替えもせずに置かれているベッドに腰を掛けると、もらったばかりの本のページをめくっていった。

ベアトリスはスヴァリナの文字を忘れていなかった。すんなりと頭に入ってくるその文字を目で追っていくと、疑念は確信へと変化していくが、同時に謎も深まっていく。

「……どういうことなの？」

本に書かれていたのは、伝説の竜を探す旅に出た姫君が騎士と恋に落ちていく物語で、偶然として片付けられないほど、昔の自分が空想から生み出した話に酷似していた。

しかし、ベアトリスは当時この話を書き記したことはなく、ただ弟とたった一人の友人に披露しただけだった。……そして、その二人はもうこの世のどこにもいない。

だったら誰がこの本を書いたのだろう。

読み進めていくと、物語には違う点もあった。まず、子どもだったベアトリスが考えたものよりずっと子細に書かれている。そして一番の相違点は結末だ。ベアトリスの記憶の中の物語は幸せな終わりを迎えたはずだったのに、これは悲しい終わり方をしている。

作者として記載されているのは、物語にも出てくる妖精インジェティだった。これはスヴァリナ語で「誰がやったかわからない悪戯《いたずら》」。そこから転じて「名無し」の意味があるから、手がかりにはなりそうにない。

唯一の手がかりといえば、奥付に出版社の名前が記載されていることだった。

「ここへ行けば、何かわかるかしら？」

奇《く》しくも数日後には、ベアトリスはスヴァリナに向けて旅立つ。出版社を訪ねてみることは可能だろうか？　想像し、一人首を横に振る。

今日まではただのベアトリスでいられたが、明日からはそうではない。スヴァリナでは気軽に出歩くことはできなくなるだろう。

「……どうしたらいいの？」

ベアトリスは自室のベッドに身を投げ出して、大きなため息を吐き出す。

自分以外にこの本を書くことができる人がいたとしたら、それは誰か――。

万にひとつの可能性もないとわかっているのに、つい考えてしまうのだ。弟が生きていたらと。

この本が、自分をスヴァリナへ導くためのメッセージのような気がしてならなかった。

「はあ……」

部屋の扉が叩かれ、返事をする前に開いたのはベアトリスが二度目のため息を吐いたあとだった。

現れたのはラウノだ。

「……町で何かあったのか？」

入ってくるなり、顔をしかめながら問いかけてくる。ヘレンから帰宅時の様子がおかしかったとでも聞いたのだろうか。

ベアトリスはすぐに身を起こして、ラウノと向き合った。

「いいえ、ただ皆さんにお別れを言ってきたので、少しだけ寂しい気持ちになってしまいました」

「調子が悪いわけではないんだな？」

旅の予定もあるし、招待客もいるから、明日の結婚式の日程をずらすわけにはいかない。花嫁であるベアトリスが体調不良になったら一大事だ。

「ええ。問題ありません。……あの、ご主人様」

ベアトリスが呼びかけると、ラウノは一層眉間の皺を深くした。

「呼び方が間違っている」

「はい。ラウノ……あの」

「なんだ？」

ラウノが部屋に入ってきた時……彼の顔を見てから、ベアトリスにはある疑念が生まれていた。

（もしかしたら、……すべてが偶然ではないのかもしれない）

彼は、ベアトリスに関する大抵のことを把握している。得意なこと、不得意なこと、普段立ち寄りそうな場所、交友関係、そしてきっと自ら口にしたことがない過去についても。

家族が生きているかもしれないから、スヴァリナで一緒に探して欲しい。素直にそう吐き出せたらよかったのだが、ベアトリスの中にある不安がそれを阻《はば》んでくる。

すべてをさらけだすのが怖いのだ。

「いえ……明日のことを考えると、緊張します」

結局、ベアトリスは曖昧にごまかして、彼に本のことを相談するのをやめた。

「緊張する必要はない。早めに食事をして、早めに就寝しろ」

「眠れるでしょうか？」

ベアトリスは大きな行事を控えている前の晩は、目が冴《さ》えて眠れなくなることがある。今夜もきっとそうなるだろう。しかし、寝不足顔の花嫁にはなりたくない。

「もし必要なら……」

ラウノは自分の懐から小瓶を取り出して、部屋にある机の上に置いた。透明な瓶に青緑色のとても怪しげな液体が入っている。

「これは何ですか？」

「そう悪いものではない。薬草をすり潰したものだが、眠りにつきやすくなる効果がある。使う使わないは自分で決めろ」

ラウノはそれだけ言って、用は済んだと部屋を出て行こうとする。

彼はやっぱりベアトリスのことなら、なんでも知っているようだ。眠れなくなる可能性を考え、わざわざ薬を用意して届けにきてくれたのだ。こういう優しさを見せられると、疑り深くなる自分が嫌になる。

(本当のところは、私のことどう思っているのですか?)

ベアトリスは去っていくラウノの背中に向けて、心の中だけで問いかける。

総督の妻役として、スヴァリナ出身のベアトリスが最適だった。彼の中で結婚を決めた理由は、それだけではないはずだ。

それでもベアトリスは気付かないふりをする。彼がどんな策謀を巡らせていようとも、きっと許してしまうのだろうと、自分でもわかっていた。

◇◆◇◆◇

その晩、ベアトリスはラウノがくれた薬を飲んで就寝した。悪いものではないと言っていたが、不味《まず》さは見かけ以上で飲んだことを後悔したほどだ。しかし、効果は抜群だった。おかげで、朝になりヘレンに起こされるまでぐっすり眠ることができた。

「よく眠れたようで、よかったですね」

「ええ、本当に」

軽く朝食をとったあと、ラウノより一足先に教会へ向かった。

結婚式は、屋敷から一番近い場所にある教会で執り行われる。ベアトリスはその教会の控え室で、ヘレンをはじめとする使用人らの手を借りて花嫁支度をしていった。

「まあ！　本当にお美しい」

ヘレンが手放しでベアトリスを褒めてくれるものだから、照れくさくてしかたない。

「ベアトリス……いえ、奥様。前からわかってはいたのですが、あなたはきっとここに来る前はきちんとしたご家庭のお嬢さんだったのでしょうね」

「……でも、今はもう」

「ええ、わかっていますよ。ただ、こういう姿をしているほうが似合うと思います。ですから、胸を張って堂々としていてくださいね」

「ヘレンさん、ありがとうございます」

鏡に映る自分の姿を見てもそう悪くないような気がしてきた。

ラウノはベアトリスのために、王妃様御用達《ごようたし》の一流の仕立屋でドレスを注文してくれた。

普通なら一着のドレスを作るのに何ヵ月も待たなければならないところだが、王命が絡んでいるから無理が通ったらしい。

銀糸の刺繍《ししゅう》とパールがあしらわれた上品な最高級のドレスのおかげで、「使用人を娶《めと》った」などとラウノが笑われることがない程度に仕上がっているはずだ。

ベアトリスはラウノから妻役を命じられているのだから、彼に恥をかかせないためにも、堂々としていなければならないと自分に言い聞かせた。

時間になり控え室を出ると、軍の大礼服に身を包んだラウノが待っていてくれた。

彼はこのあと形式的に軍を退くこととなっているから、軍服姿は見納めになってしまう。ベアトリスは誇らしい気持ちで、軍服姿のラウノを目に焼き付けた。

「いくか……」

彼はベアトリスを一瞥《いちべつ》したあと、花嫁支度の出来映えには触れずに手を差し出してくる。その手を取ったところで、ベアトリスはちらりと気になる方向に視線を向けた。

すぐ近くにもう一人、見知らぬ高貴な男性がにこにこと佇《たたず》んでいたのだ。

「あの、ラウノ……あの方は？」

「参列者の一人だが、無視していい」

ラウノはそう言い放ったが、ベアトリスはまずいのではないかと思った。

服装からその男性が軍属であることはわかったが、高官であるラウノより若いのに、勲章の数が多いのだ。

そこからどんな立場の人物か想像するのはたやすい。

その男性が一歩、二歩と二人に近付きながら話しかけてくる。

「酷いじゃないか、ルバスティ殿。紹介くらいしてくれ。減るものでもあるまいし」

ラウノは不遜《ふそん》な態度をとりつつも、相手の要求に従う姿勢をみせる。

「ステファン王子殿下だ」

「まあ！」

王族だろうという予想はしていたが、男性はこの国の第二王子だった。ベアトリスはすぐに失礼のないようお辞儀をする。

作法にのっとれば、このあとラウノがベアトリスのことを王子に紹介してくれるはずなのだが、それより先に王子が遠慮なく声をかけてきた。

「君がルバスティ家のうさぎさんだね。はじめまして！　結婚おめでとう」

「……うさぎ？　ありがとうございます。ベアトリスと申します。お目にかかれて光栄です」

ベアトリスは挨拶を交わしながら、ステファン王子について頭の中にある最低限の情報を引き出す。

確か年齢はベアトリスのひとつ上だった。

国王の息子は全部で三人いる。真面目な王太子、気さくな第二王子、天使のような第三王子だ。三人とも王妃譲りの金髪碧眼《へきがん》で、美貌の持ち主だと噂だった。

受けた第一印象ではこのステファン王子は、確かに気さくで器量のよい人物である。しかし、少し変わってもいるようだ。

気取らない挨拶のあと、王子はベアトリスをじっと見つめたかと思えば天井を仰ぎはじめる。

「ああ！　とても残念だ。もう少し早く出会えていたら、私がこの美しい人を妻に迎えていただろうに……！」

劇場の役者のような大げさな口ぶりだ。

今まで女性関係に問題ありだという噂は耳にしなかったが、彼は間違いなく軽い男だ。はじめて言葉を交わしてから数十秒でこんなことを言い出すなんて、今までよく大きな問題にならなかったと感心してしまう。

「まあ、殿下……とてもお上手ですね」

ベアトリスはラウノの妻に相応《ふさわ》しい対応をすべく、優雅に、そして他人事のように受け流して微笑《ほほえ》んでみせた。これは完全な作り笑みなのだが、対する王子は心の底から楽しそうに笑いはじめる。

「社交辞令だと思っているんだね？　冗談ではなく本当の話なんだよ」

何がそれほどおかしいのかわからず、ベアトリスは首を傾《かし》げる。

「殿下。そろそろお控えいただかないと」

ラウノの地を這《は》うような声が響く。普通の人ならその冷たい声を聞いただけで震え上がってしまいそうだが、王子は動じる様子もなく変わらずおかしそうにしている。

王子は気さくだが女たらしで、さらには笑い上戸でもあるらしい。

「嫉妬《しっと》は怖いな」

「だったらおやめください」

「否定はしないのか。あのルバスティが！」

この二人はどうやらとても仲がよいようだ。ステファン王子はラウノをからかって遊んでいる。そしてラウノは挙式前だというのにどんどんと不機嫌になってしまった。

ベアトリスがこの状況をどうにもできずに困っていると、勇気ある司祭が現れ、定刻を過ぎたことを知らせにきてくれたので、事なきを得た。

参列者は王家を代表して第二王子、政府や軍の高官とそうそうたる顔ぶれとなり、厳粛な雰囲気の中での式となった。家族のいないベアトリス側の参列者は、証人役のヘレンとコンラードだけだ。

祭壇の前に立った二人は結婚を誓い、指輪の交換をしたあとは、結婚誓約書にサインをした。式は順調に、そして手早く進んでいく。

「晴れてお二人は夫婦となりました」

司祭の宣言を聞き、ベアトリスは少しの違和感を覚える。何かが足りない……。

「ラウノ、司祭様に圧力をかけましたね」

「何のことだか」

ラウノはそうやってとぼけた。ベアトリスが持った違和感の正体は、式の手順の省略にあった。事前に教えられていたものと違う。

おそらくラウノは、上官や同僚の前で誓いのキスをしたくなかったのだろう。

彼は指輪を交換する前にベアトリスのベールを上げて、キスをしないまま誓約書にサインをしてしまった。

しかもこれは、司祭が誘導した流れ通りだったのだ。事前に根回しをしていたに違いない。

「もう、本当にしかたのない人ですね……」

退場のため中央の通路を歩きながら、ベアトリスは思わず不満を漏らす。

(せめて、おでこにしてくれると思っていたのに!)

ベアトリスは十年間ラウノのそばにいたから、性格はわかっているつもりだ。

ひねくれ者の彼だから、この場で熱い口付けをしてこない可能性は考えていた。しかし、ここまで徹底してくるとはさすがに予想できなかった。

「拗《す》ねるな。……計画の本番はこれからなんだ」

計画とは、印象改善のための夫婦円満計画のことだ。ラウノがそう思わせたい相手は、今この教会の中にいる人達ではなく、今後訪れるスヴァリナに住む人達だ。

それは理解しているが、密かにキスを楽しみにしていたベアトリスは裏切られた気持ちにしかならない。

偽装だとしっかりわきまえればいいものを、どうしてか少しだけ期待してしまっていた。

◇◆◇◆◇

夜になるとベアトリスは湯浴みをし、身なりを整え夫婦の寝室に足を踏み入れた。

女主人用の部屋と夫婦の寝室は続き間になっており、その二部屋を繋《つな》ぐ扉の反対側には、ラウノの私室に繋がる扉もある。

夫婦それぞれの個室のあいだに共有の寝室があるという、上流階級に向けたごく一般的な造りは、ラウノがこの屋敷を購入した時からあった。

しかし結婚の予定がなかったラウノは、防犯上の理由から女主人側の扉を完全に塞いでしまっていたので、結婚が決まってから慌てて改修されている。

塗り直された漆喰《しっくい》や糊《のり》の影響か、屋敷の他の部屋とは違う新しい香りを感じながら、ベアトリスは寝台の上で、夫となったラウノを待った。

はじめから半信半疑だったが、いつまでたっても新郎は現れない。

(……やっぱり、偽装だものね)

ラウノがベアトリスに求めているのは妻役であって、夜の相手ではない。

結婚相手に名家の令嬢を選ばなかったのも、制約を受けたくなかったからだ。

彼の中ではこの結婚はとても合理的なものなのだ。

たとえ呼び方が変わったとしても、ベアトリスはラウノの命令に逆らうことはしない。

外に向けた実態が伴わない関係だとしても、文句は言えなかった。

それでも結婚が決まってから今日までのラウノの様子を見て、期待はする。それに二人は確かに結婚したのだから、妻は妻だ。

彼のことだから、無責任なことはしないだろうという確信もある。

だからベアトリスはラウノを待ちたかった。

「——クシュン」

薄着で一人じっとしていると、肌寒さを感じる。

ラウノの部屋に繋がる扉の向こう側でガタンと音がしたのは、ベアトリスがくしゃみをした次の瞬間だった。

「……ラウノ？」

そこに彼がいるものと確信し、呼びかける。するとすぐに扉が開いて、寝衣にガウン姿のラウノが入ってきた。

「待たせたな。……少し仕事の処理に手間取っていた」

「遅くまで、お仕事お疲れ様です」

「ああ」

ラウノは自分も寝台に上がりながら、着ていたガウンをベアトリスに掛けてくれる。

これなら肌寒さを感じないが、どちらかと言えば今から服を脱ぐことになるのではないか

……それともこれは「しない」という無言の主張なのかと混乱しはじめる。

「…………」

「…………」

二人は膝を突き合わせ、向かい合ったまま沈黙した。

人の目がある時なら、この前のラウノのように必要なことだと言い聞かせることもできるが、今は二人きりなのでそうはいかない。

「硬くならずとも」

それはお互い様だ。ラウノも身体を強《こわ》ばらせている。

「わかってますよ。本当は、迷っていたんですよね？」

きっとラウノはさっき、寝室に入るのをためらっていた。ベアトリスがくしゃみをした瞬間に扉が開いたのは、彼がずっとそこにいたからなのだろう。

「偶然だ。私は仕事をしていただけなんだ。私は妻を蔑《ないがし》ろにしない」

言い切って、ラウノはぐっと決意を示すように唇を結ぶ。

「だったら私は、これからどうすればいいのですか？　じっとしていればいいですか？　それとも……」

ベアトリスは、たった今ラウノが掛けてくれたガウンに触れ、自分から脱ぐことができると

彼に伝える。

「触れてもいいのか？　逃げたり、泣いたりしないか？」

その一言で、ベアトリスは舞い上がった。ラウノはここで、ベアトリスを抱くつもりなのだ。

「はい。……でも私はじめてなんです」

「ベアトリス。君のことは十二の頃から見守ってきた。男がいなかったことは知っている。もしはじめてではなかったら、幼い頃の君を犯した男を探し出して抹殺しにいかなければならないところだった」

しごく当然のことのように言ってしまうのが、彼のおかしなところだ。

「ラウノ。……前からお聞きしたかったのですが、あなたは使用人の勤務外のことまですべて把握しているのですか？」

「……ぜ、全員ではない」

ベアトリスの指摘に、ラウノにしては珍しく動揺したように視線を泳がせる。

「外出すると、たまに黒い服を着た人と遭遇するのですが、あれはあなたの部下ですよね？　私のことなど、監視してもおもしろくなかったでしょう？　特別なことはしていませんし」

「監視していたんじゃない、見守っていたんだ。……保護者として当然の責務だから」

「保護者……」

確かに彼はベアトリスの保護者だった。十二の時から衣食住を与えてくれここまで育ててくれたのは彼だ。

ベアトリスも最初は彼に、保護を求めただけだった。とても強い人だとわかったから、彼の近くにいれば生き延びることができる気がしたのだ。

でもその気持ちが恋に変わるまでに、時間はかからなかった。

彼はベアトリスにだけほんの少し優しい。家族が一人もいないベアトリスのことを、自分の境遇と重ね合わせていたのは知っている。同情や哀れみの類《たぐ》いであっても、ベアトリスにとってどれだけ救いだったことか。

でもラウノは出会った時から大人で、ベアトリスは子どもだった。そして彼は主人で、ベアトリスは使用人でもあった。

そんな関係が苦しくて、心の奥底に封じ込めたのだ。

彼の妻役を命じられてから、閉じたはずの蓋が開きかけているが、初夜に改めて「保護者」と言われると、がっかりしてしまう。

これから同じ寝台を使おうとしているところで、言うべき言葉ではないはずだ。

ベアトリスが口を尖らせると、ラウノはぐっと唸《うな》った。

「……いや、今日からは保護者兼夫になった」

ここで「夫役」と言い出さなかったのは、褒めるべきなのだろうか。ベアトリスには判断がつかない。それに保護者の肩書きは捨てずに所持しておくつもりなのも納得がいかない。

「兼任だと、何か変わりますか？」

「変わる。まずこれから、君に口付けをする。頬にではなく正しい場所に……だ」

「正しい場所！」

「そのあとは胸に触れようと考えている。そのほうが円滑に進むらしい。それから――」

「あ、あの、十分です。……説明はもう省略していただいて結構です。……恥ずかしいので」

今夜起こることが一気に現実味を増し、ベアトリスは火照《ほて》った頬に手を当てた。

「恥ずかしいのか。……そうか、わかった」

ラウノはそこでなぜか寝台から下りてしまう。

ベアトリスは余計なことを言ってしまったのかと不安になりながら、彼の行動を見守っていた。

ラウノはどういうわけか燭台《しょくだい》の明かりを消しはじめる。

もともと二ヵ所に点《とも》されていた明かりは小さなもので、室内は薄暗い。窓にかかるカーテンは分厚く月明かりを遮っているから、明かりを消してしまったら完全な闇になる。

「何も見えません！」

人や物の輪郭すら見えない真の暗闇というものは、かなり恐ろしい。寝台が沈み、ラウノが再び近付いてきている気配があるのに、まだ彼の姿を捉えることができない。

手を伸ばしてさまよわせていると、ようやくラウノに触れることができた。

「ここにいたか」

ベアトリスがラウノの寝衣を掴《つか》むと、彼はその手首を握ってくる。そして少しずつ腕をたどり、ベアトリスの身体の形状を手で触れて確認していった。

肩から鎖骨、首筋……そして頬。

探していたのはそこだとばかりに、ラウノの大きな手はベアトリスの頬をすっぽりと包み込む。そしてすっとかすめるように、唇に何かが触れた。たぶん指だ。

そこからぐっと引き寄せられるような力が加わる。そして……。

「――んんっ」

さっきよりも柔らかい感触がして、同時にラウノの吐息がかかった。彼が宣言した通り、口付けをくれたのだ。

ゆっくりと優しく交わされたあと、名残惜しそうに離れていく。それから二度三度と交わしているあいだに、強さと熱さが増していく。

角度を変えたり、下唇を食《は》んだりしたかと思えば、舌を出して固く閉じていたベアトリスの唇に割って入ってこようとする。キスは、数えられるものとは限らないらしい。

遠慮のないラウノの口付けに翻弄され、ベアトリスは思わずその胸を叩いた。

「あっ、ラウノ……待って」

「嫌なのか？　悪いが待ってはやれない。ベアトリス、君は同意して私の妻になったのだから手遅れだ」

「嫌じゃありません。ただ、あまりに激しいと心臓が壊れてしまうかも……ほら」

ベアトリスは自分の頬にあったラウノの手を取って、胸の上へと誘導する。きっと寝衣の上から触れただけで、どれだけ鼓動が速くなっているか伝わるはずだ。

「生きている証拠だ。どうにもできない。ただ息はきちんとしておけ。鼻でも口でもいい。……それしか忠告はできない」

それからラウノはなだめるようにベアトリスを抱きしめてくれたが、すぐに口付けを再開させてくる。

そしてもつれ合うように寝台に横たわり、暗闇の中で肌を擦《こす》り合わせる。

ラウノの身体に触れてわかった。鼓動が速くなっているのは、ベアトリスだけではない。彼自身もそうだったから「どうにもできない」と言ったのだ。

「ご主……ラウノ、ラウノ……あぁ」

ベアトリスは彼の首に腕を回して、絶対に離れないという意思を見せながらねだった。

歯がカチカチと当たるのも気にせず、互いの唾液を絡ませ合う。ラウノの舌が滑り込んできて、ベアトリスの口内をいじってくる。

「……んんっ」

舌先で擦られた箇所がくすぐったい。ぞくっとするようなはじめての感覚だ。熱くて、激しい。

ねっとりと奥まで舌を差し入れてきたラウノは、ベアトリスの口に指まで入れて大きく口を開けさせてくる。食らいつくように、ベアトリスの口の中を満たしてくる。

（……こんな、激しいっ！）

暗闇で、何も見えなくてよかった。

きっと今ベアトリスは、はしたなくみっともない顔をしている。彼の前ではかわいく上品でいたいと思うのに。

だから自分の今の顔は晒《さら》したくないが、彼の顔が見えないのは不満だ。

ただ、はぁはぁと乱れた互いの吐息だけがくすぐるように耳に入ってきて、気分を高揚させていた。

ラウノの口付けが、ベアトリスの唇以外にも与えられる。首筋に舌が這う。

「あぁっ……」

「いいのか？」

「変なんです。ぞくぞくして……」

自分の指で触れてもなんともない場所なのに、ラウノに触れられると変になる。痛いくらいきつく吸われても気持ちがいい。

「では、もっとだ」

ラウノはベアトリスの首に吸い付きながら、身体の形を確かめるように指を這わせていく。鎖骨をたどった指先が胸の膨らみにたどり着くと、今度は手のひら全体を使って包み込むように揉《も》みはじめた。

「んっあ、……はんっ」

なんだろう。首と胸、同時に触れられて気持ちいいのに、何かが足りない。本当の快楽はこんなものではないと、本能が知っている。

ベアトリスはじれったくなり、身体を淫らにくねらせた。すると片方の胸がラウノの手から零《こぼ》れ落ちそうになる。その時、今まで触れられていなかった胸の先のあたりを、彼の手がかすめていった。

「あっ――」

ほんの少しの接触で、そこは特別な場所なのだとわかる。確かに感じた尖った感覚を、もっと味わいたくてたまらない。でも、暗闇の中では目で訴えることもできなかった。

どうすればもっと気持ちよくなれるのだろうか。触って欲しいなどと自分からはとても言えなくて、ベアトリスはただせつないため息を漏らした。

「……ここが、尖っている」

願いが通じたように、ラウノがその場所にもう一度触れてきた。

「ふっ、ああ」

はしたなく尖らせてしまっていることを指摘された恥ずかしさより、欲しい快楽が与えられた喜びのほうが勝る。

ラウノはベアトリスの乳頭を、指先で爪を立てるように刺激しはじめる。滑らかな寝衣のシルク生地が彼の指を滑らせて、絶妙な感覚を生み出した。

両方の胸の先端を同時にいじられると、ぎゅっと身体の芯が疼《うず》く。引っ張られたり、指先で弾かれたりすると、また存在感が増してしまったように思える。

自分の身体が、彼の手によって淫らに変化していくのがわかった。

「ひ、んっ、ああ……」

じっとりと片方の胸のあたりに、濡れた感触がした。ぴちゃ、ぴちゃと水音が響き渡っていく。

変わらず闇に視覚を奪われたままだが、代わりに触覚や聴覚は研ぎ澄まされているようだ。見えていないのに、彼が今どんなことをしているのか想像できてしまい、ベアトリスの情欲を煽《あお》ってくる。

さっき首を吸われた時のものと似ている感覚。ラウノが服の上から、ベアトリスの乳首を舐めているのだ。

ラウノは唾液でわざとベアトリスを汚す。生地が濡れ、ベアトリスの乳頭にまとわりついてくる。その部分を口に含んで、しごかれるとたまらない。

「ああ、だめ……服を脱がせてください」

寝衣の上からなんて、いけないことだ。ベアトリスは使用人だっただけに洗濯の心配をしてしまう。それが理由で「脱がせて」と言ったが、直接触って欲しいように聞こえてしまったかもしれない。

「君がそう言うのなら……」

ラウノは少しだけ二人の身体を離し、急《せ》いた手つきでベアトリスの寝衣に手をかける。今夜ベアトリスが身に纏《まと》っているのは胸のあたりが大きく開いたパフスリーブのナイトドレスで、脱ぎ着は難しくない。だが今は、ラウノがベアトリスに掛けてくれたガウンと暗闇が邪魔をする。

手探りでは、今ベアトリスがどんな状態で服を身に纏っているのかわからなかっただろう。せめて自分からガウンだけでも脱ごうと肘を使って身体を浮かせたが、袖から腕を抜く前に、ラウノがベアトリスの胸をむき出しにし、それに食らいついてきた。

「あんっ……ま、待って……ひっ、ああ」

「少し黙れ」

片方を甘噛《あまが》みされ、もう片方はぐりぐりといじられている。

二ヵ所に与えられる刺激が反響し合い、増幅して身体全体に広がっていく。快感の波が下腹部に届くと、腰が浮いてしまうような痺《しび》れに変わる。

ラウノはベアトリスに黙れと言ったきり、自身も黙ってしまった。

聞こえてくるのは彼が熱心に舌を動かしている音と、合間の荒々しい息づかいだ。彼も興奮している。

「んっ……んっ……」

黙れと言われたから必死に堪えるが、快楽に溺れ嬌声《きょうせい》が漏れ出てきてしまう。

ラウノはベアトリスの片方の胸を口に含んだまま、指を下へと移動させていった。ナイトドレスの裾をたくし上げ、ドロワーズの隙間に入り込んで、無遠慮に秘部に触れた。

まるで粗相をしてしまったかのようなぐっしょりとした感覚に、ベアトリスは驚く。

初夜を迎えるにあたり、最低限の知識は教本を読んだので知っていた。

だからラウノが最初に言った通り、これは交接を円滑に進めるためのものだとわかってはいる。でもこんなに溢《あふ》れ出てきてしまったら、シーツだって汚れてしまう。

ラウノは水源を探すように、指を動かし奥を探ってくる。

「あっ、だめ……声が、んんっ。我慢できない」

「好きに鳴けばいい」

黙れと言ったり、鳴けと言ったり勝手すぎる。しかしラウノに従うことに慣れているベアトリスは、彼が許可をした直後から堪えるのをやめた。

「ひんっ……ああっ、ラウノ……ラウノ……」

節くれだった指が二本に増やされ、ベアトリスの膣壁《ちつへき》を擦っている。

刺激を受けるたびにとめどなく蜜が染み出てきて、きっと彼の手を汚してしまっているだろう。

快感はどんどんと膨れ上がってきて、どこかに追い詰められそうな心地になる。

「あんっ……もう、無理です」

これはまだ、行為の準備にすぎないとわかっている。でも、これ以上されたら、このあとに差し支《つか》えてしまいそうだった。

ベアトリスは息を乱して訴えた。

簡単に乱されてしまったが、暗闇の中から聞こえてくるラウノの呼吸も荒く、必死に掴んだ身体も汗ばんでいる。

ラウノはベアトリスの言葉を聞き入れ、蜜壺から指を引き抜いた。それだけで、ベアトリスの入り口はせつなく疼いてしまう。

「触れ。……今からこれを挿《い》れる」

ラウノはベアトリスの手を、自分の下半身へと誘導してきた。そこにあったのは、独特な感触を持った物体だ。

「こんなに大きいなんて……」

ラウノの他のどの部分より、硬く熱い。

ベアトリスがそこに触れると、ラウノは艶っぽい吐息を吐き出していた。

心地よいのだろうか？

もっと彼に喜んでもらいたくて、ベアトリスは熱心に手を動かしはじめた。

ラウノはそんなベアトリスの手に自分の手を重ね、どうやったらよくなるのか導いてくれる。

ぐっと強めに根元を握って手でしごくと、先端のほうから雫《しずく》が伝ってきてベアトリスの手を濡らす。

ラウノが耐えるようなうめき声を出すたびに、雫はまた零れ落ちてくる。

女性の秘部も濡れるのだから、男性も同じなのだろう。これはきっと、ラウノが感じてくれている証拠だ。とても淫らで癖になる。明かりを点《つ》けて、今彼がどんな顔をしているのか見たくなった。

しかし、部屋を明るくするための行動を起こそうにもラウノが許してはくれなかった。

「もう、限界だ……」

再び寝台に倒されると、両足を大きく広げられてしまう。さっきまでベアトリスの手の中にあった熱塊が、秘部に当たっている。そして先端が蜜口から中へ入り込んできた。

「ああっ、熱い……だめ、壊れてしまう」

ものすごい圧迫感だった。いくら先にラウノが指で慣らしてくれても、簡単に受け入れられるものではない。

破瓜《はか》の痛みにベアトリスは涙を浮かべながら、手をさまよわせた。

「ラウノ……離れないで、近くに来てください」

上半身を起こしていたラウノを引き寄せ、彼の首に縋《すが》り付く。この逞しい昂《たかぶ》りを受け止めるためには、どうしたって痛みは避けられない。

少しでも夫婦らしくなりたいベアトリスは、拒絶することはない。それでも、何かにしがみついていないと耐えられそうになかった。

ぐっとラウノが腰を進め、繋がりが深くなっていく。身体が切り裂かれるような痛みに、ベアトリスは歯を食いしばる。

「ひっ、ああ、あっ！」

ずんと、さらに深く入った瞬間、あまりの衝撃に呼吸が浅くなった。胸を大きく上下させながら、悲鳴のような嬌声を上げる。

「ゆっくり息をするんだ」

「あっ……っん、はい。……でも、苦しい」

「すぐ終わりにするから、少しだけ耐えろ」

ラウノはそこから、腰を緩やかに動かしはじめる。律動がはじまってから最初に感じたのは、疼痛《とうつう》だった。しかし徐々にそれだけではないと自覚していく。

ベアトリスの膣壁は、彼を縛り付けるようにぎちぎちと収縮している。

手で触れ、そして今、体内で直接感じているこんなにも大きな欲望。それを受け入れられたことに、歓喜しているのだ。

「私……嬉しい。あなたで、いっぱいになって……ああっ」

「いい子だ……」

ラウノはベアトリスの髪を優しく撫でてくれるが、腰の動きだけはどんどんと激しくなっていく。彼の荒々しい息づかいが、ベアトリスの興奮を煽る。

奥を穿《うが》たれるたびに、ベアトリスは腰を跳ねさせながら大きな嬌声を上げた。

「くっ……ベアトリス。これで……誰がなんと言おうと、もう君は私の妻だ。他の誰のものにもなれない」

「ああ、ラウノ……」

執着とも思えるその囁《ささや》きに、ベアトリスは身体を震わす。

ただ忠実で便利な存在だから、妻にしたのではないのだろうか。こんな睦言《むつごと》のような囁きをされたら、愛されている気持ちになってしまう。

なぜ？　どうして？　彼の心の内側について浮かんだ疑問は、次々に襲ってくる快楽の波に消えていく。

「あんっ、……私、だめ……それ以上は……んっ、待って、ああっ」

激しく穿たれ、理性が吹き飛んでいく。ベアトリスは頭が真っ白になって、絶頂に達していた。

膣壁を震わせていると、ラウノの陰茎がベアトリスの最奥で留まり膨れ上がる。どくどくと痙攣を起こしながら、熱い精を放ちはじめているのがわかった。

飛沫を、彼の子種を受け止めているのだ。

ベアトリスはその熱を感じるたびに何度も奥をひくつかせ、小さな絶頂を繰り返した。

それから余韻が冷めやらぬ寝台で、ラウノはベアトリスをねぎらい、優しく触れてくれた。

しかし、激しい情事の時に零していた愛の囁きとも思える言葉を口にすることはなかった。

ベアトリスがお喋りをしたがると、「黙って寝ろ」とすげなくされてしまう。

部屋の明かりは消されたままだったので、ベアトリスはこの夜、冷酷な参謀長閣下がどんな顔で自分を抱いたのかわからないままだった。

ただ荒々しい息づかいと、ベアトリスと同じように高まっていた心音だけは、はっきりと記憶に刻まれた。

3　今夜の任務に人助けという項目はない

ラウノ・ルバスティの幼少期の記憶は、とても曖昧だ。

最初はまともな家に住んでいて、家族がいたような気はしている。それからどういう経緯でそこにいたのか……十歳の頃には家族と別れ、気付けば傭兵団《ようへい》で下働きをしていた。

「おい、そこのぼうず。俺の鎧《よろい》をきちんと磨いておけ！」

「は、はい！」

雑用をこなしながら、武器の使い方を学ぶ日々だ。

傭兵団の団長が親代わりではあったが、優しさの欠片もなくただ厳しいだけの男だった。

「ここではな、弱い奴は死ぬ。ただそれだけだ。生き残りたきゃ強くなれ」

団長の言葉に従ったラウノは、弱肉強食の世界で生き残るために余計な感情はすべて切り落とし、比類なき戦士へと成長していった。

カルタジアが国として正式に独立する直前、ラウノは戦場にいた。それは十六歳の頃の出来事だ。

その時カルタジア側に与《くみ》していた傭兵団は、最前線で激しい戦闘に巻き込まれることとなった。

親代わりの団長、兄貴分の傭兵達も次々と倒れていったが、ラウノの心は何ら動かなかった。彼らとは楽しい思い出もなかったし情もない。ラウノはただ、目の前の敵を倒すことだけを考えた。

そして応援の正規軍が戦場にたどり着いた頃、そこに立っている者はラウノ一人になっていた。

修羅場をくぐってきたであろう軍人達さえも、顔を青くさせるほどの凄惨《せいさん》たる光景だ。まるでラウノ一人が全員を殺戮《さつりく》したように見えたに違いない。

「バケモノだ……」

そんな声すら聞こえてきたが、ラウノはバケモノ扱いされても気にしなかった。人並み外れた強さの意味があるなら、不快ではない。

「皆、死んだ。お前らの仲間も傭兵も……だが敵も殲滅《せんめつ》させたから負けじゃない」

カルタジア軍を率いてやってきた将軍に、ラウノはそれだけを報告した。

ねぎらいの言葉など期待していない。ただ成果を上げたのだから報奨金をもらうつもりだった。敵将の首を取ったらそれが叶うはずだった。

将軍は規定通りラウノに金貨を手渡してきた。しかし同時に哀れみの瞳を向けて言った。

「お前はなぜ戦うんだ？」

「他に生きる術《すべ》がないからだ」

「今の生き様は、果たして生きていると言えるのか？」

ラウノは答えられなかった。

戦場を渡り歩くラウノには、金貨の使い道がない。これが終わればまた新しい戦場に行き、生き残ったら使い道のない金貨を手にする。

その繰り返しに何の意味があるのだろう。守るべき家族すらいないのに。

「さて、お前はその答えが出るまで生き残れるか」

この時の将軍の言葉はラウノの心に変化をもたらすようなものではなかった。

ただ自分の人生の転機となった日のことで、なんとなく記憶に留めた。

仲間を失ったラウノは将軍に誘われ、カルタジア軍に入ることにした。傭兵団は壊滅してしまったし、手っ取り早く安定的に食い扶持《ぶち》を稼ぐためにはそれが最適であると判断した。

彼の下で戦うようになってからしばらくたち、カルタジアは独立国家となり法令の整備が進められていった。

ラウノは軍で着々と出世し、ルバスティという姓も与えられた。

他の者には任せられない闇に潜むような任務をこなすことが多く、気付けば暗部というひとつの特殊な部隊ができあがっていた。

ベアトリスと出会ったのは、ラウノが二十二歳になった時のことだ。

彼女の生まれたスヴァリナ公国は、ひとつの港湾都市とその周辺を領土とする小国ではあるが、成り立ちは大陸をまとめていた帝国時代まで遡《さかのぼ》ることができる由緒ある国だった。対してカルタジア王国は建国間もない新興国。歴史も文化も違っていたが、地域の安定と民の平和を守るという指導者の信念は共通しており、両国には同盟関係が結ばれていた。

しかしある日突然、その同盟が破棄され、奇襲攻撃により砦《とりで》のひとつが奪取されてしまったのだ。

それは無駄な戦いを好まなかったスヴァリナ大公が崩御し、大公の弟エンシオが新しく国主となったことが、内外に知らされてから数日後のことだった。

エンシオは「前大公はカルタジア王国の工作員によって暗殺された。報復を行う」という布告をしてきたのだ。

「スヴァリナの新しい大公は阿呆《あほう》なのか？」

カルタジア軍の者達は口々にそう言った。

カルタジア側にはスヴァリナ大公を暗殺する意味など何もない。間違いなくスヴァリナ大公家の内部で起こった出来事だったが、エンシオがカルタジアに罪を負わせ自分を正当化したのだろう。

同盟を破棄され襲撃されたことは許し難いが、本格的な開戦となればカルタジアが勝利することは、子どもでもわかることだった。

間もなく本格的な戦争がはじまるだろうスヴァリナに、ラウノが潜入することになったのは、奇襲を手引きした裏切り者を追うためだった。

「恥さらしが！　面倒なことをしてくれた」

砦の情報をスヴァリナに流した者が、暗部にいたのだ。部下に対して全面的に信頼を置いているわけではないが、裏切りを未然に防げなかったのは完全に自分の失態で、その後始末をしなければならなかった。

入ってきた情報から暗部が目をつけたのは、ある商船だった。

「人さらいをして、遠国に奴隷として売る一団が関わっているそうですよ」

純粋で健全な商売をする商船を装っているが、ならず者達の集まる船であるらしい。逃げた男がそこに潜んでいると踏んだラウノは、部下達を率いて密かに船に乗り込んだ。

敵国となったスヴァリナの港で、いきなり大きな騒ぎを起こすことはためらわれる。そのためまず食事に薬を盛り、船にいる人間を眠らせてから船内の捜索を開始した。

ラウノが甲板の下にある船庫を見て回っていると、食料や密輸品と思われる荷の他に、縄で縛られた人間も押し込められているのを発見した。

その者達も薬が仕込まれた食事を口にしたのか、ぐっすり眠っているようだった。

奴隷として売られる者だとわかったが、ラウノは同情することもなくその中に逃げた男がいないかだけを確認していく。

(——なんだ?)

異変に気付いたのは、船庫での捜索を開始してからしばらくたった時のこと。静まりかえったその空間で、動き出すものがあった。もぞもぞとした頼りない足取りは人のものだ。小さな人影から、探している男ではないことはわかった。

その人物は、甲板へと続くはしごを登ろうとしていた。動きがおかしいのは、他の奴隷と同様に手首を後ろで縛られているからのようだ。

はしごは垂直ではなく傾斜がかかっているが、訓練を受けていない人間が拘束された状態で上がれるわけもない。

落下し、大きな物音を立てられでもしたら厄介だ。

ラウノはその人影に忍び寄り、ナイフを構え背後から小さな声で呼びかけた。

『動くな』

片言のスヴァリナ語でそう言うと、ぴたりとその人間の動きが止まる。

『子どもか……』

後ろ姿でもわかる。かなり細い身体をしていた。肩のあたりで無造作に切られたような髪はぼさぼさで、薄汚れているせいか金か茶か色の区別がつかなかった。

『どうして動ける? 食事は? 食べなかったのか?』

『……食べ物?』

小さく呟《つぶや》いた言葉から、女だとわかった。かなり若いが、この状況で随分落ち着いていた。

十を少し越えたくらいであろうその少女の言葉に、ラウノは、はっとさせられる。

『……なるほど』

床には誰かが餌《えさ》のように食べた食料が零れており、片付けられないままの食器が無造作に転がっていた。

どのように食事をさせられたのかよくわかる。ラウノにも同じような経験があった。

十六歳までのラウノには矜持《きょうじ》というものがなく、なんでもした。どんな痛みにも屈辱にも耐えられた。

しかし当時のラウノより若いであろう少女は、そうではないらしい。人一倍の矜持を持っている。餌を食べるくらいなら、餓死してもいいという考えが染みついているのだろう。

果たしてこの状況で、それが正しい選択なのかはわからないが……。

「どこのどなたかわかりませんが、私を逃がしてくれませんか？　そのナイフでこのロープを切ってくださったらそれだけでいいんです」

驚いたことに、少女はさっきまでのスヴァリナ語ではなく、大陸公用語で自分の願いを口にしてきた。

公用語は帝国で使われていた言葉で、ラウノはその派生であるカルタジア語で日常会話をしている。

スヴァリナ人は随分前に公用語を排除してしまって、ごく一部……外国と関わる仕事をする者でもなければ母国語しか話さないはずだった。

少女はさっきの短い会話からラウノが外国人であることを見抜き、自分の意思を伝えるために適正な言葉を選んできたのだ。

薄汚れているが、もともとは裕福な商家の娘だろうか。この状況でもはっきりした意思を示した少女の強さに、ラウノは敬意を示したくなった。しかし――。

「残念だが、今夜の任務に人助けという項目はない」

一瞬で終わる手助けだが、ラウノは拒否した。今、勝手に甲板に出られては困るのだ。

すると少女はラウノに救いを求めるのを諦めたようで、勝手に一人ではしごを登りはじめる。しかしラウノが最初に予想した通り、手を縛られたままの少女は二段目でバランスを崩しそうになってしまう。

その瞬間、ラウノの身体が勝手に動いた。

「……クソ」

少女が転落しないよう、思わず手を伸ばして支えてしまった。本来人助けや善行とは無縁であるラウノは、自分の行動に反吐《へど》が出そうになった。

ちょうど頭上にある船庫の入り口の蓋が開き、上からラウノに向けて声がかかった。

「――隊長、いました。奴を捕らえました」

「今、行く」

部下からの報告に返事をしたあと、ラウノは悩んだ。

ここでこの少女を気絶でもさせて放置するか、それとも願い通り自由にしてやるか。

いつものラウノなら迷わず関わらないことを選んでいたはずだ。

しかしなぜかこの日のラウノは、失ったはずの良心が痛んだ。曖昧な過去の記憶が、傷となり疼く。

ここでラウノが見捨てたら、この少女にはラウノが経験したものよりもずっと残酷な未来が待っているだろう。

「いいか？　俺がいいと言うまで静かにしていろ。……さもなくば殺す」

そう言って許可を得ずに少女を担いで、はしごを登った。少女は驚くほど軽かった。戦闘や訓練で投げ飛ばした大男とはまったく違う。もうこれは別の生き物だ。

はしごにひっかからないようにするため、少女の身体はラウノの背中に回り宙づりに近い状態だったが、少女は悲鳴のひとつも上げずに大人しくしていた。

甲板までやってきたところで拘束を解いてやり、頭に血が上らないように抱き方を変えると、怖かったのか少女はラウノの首に手を回してきた。

船を動かしていた怪しい者達は全員捕らえることができたようだ。

わざと遅効性の薬を混入させたのだが、さすがに全員が同じ食事をとってはおらず、抵抗した者は容赦なく斬られている。すべてラウノが指示したことだが、部外者が一人いるだけでそれが凄惨な光景だと思えてしまった。

部下達は自分達の上官の腕に抱かれている少女の存在に気付き、怪訝な視線をよこしてくるが無視をした。

裏切った男は、ラウノを前にして情報を交渉材料にしようと命乞《ご》いをはじめたが、冷たく一蹴する。

「お前のような小者から得る情報など最初からない。追っていたのは規律違反に対する粛清のためだ。どうやら隊則すら頭に入っていなかったようだな？」

暗部で裏切り者が出たら、地の果てまで追う。そして裏切り者に下されるのは『死』のみだ。

「子どもが見るには、毒が強い」

ラウノは少女を甲板に下ろすと、視線を遮るため自分が着ていた上着を、少女の頭にかぶせた。それからは躊躇《ちゅうちょ》なく剣を振るう。これ以上の命乞いをする暇は与えなかった。

甲板に血だまりが広がっていく。絶命したことを確認してから、ラウノは部下達に撤収を呼びかけた。

この光景を直視させないよう、少女の手を引いて舷梯《げんてい》まで連れていってから、目隠しのための上着を回収した。

少女はラウノ達に続いて、自分の意思と足で舷梯を渡っていく。陸地に戻ると、人の注目を逸《そ》らすために使っている音の出る花火を置いて、さっさとその場を離れた。

長い導線をたどっていた火が本体にたどり着いた時に、火薬が爆《は》ぜる仕組みだ。ちょうど全員が物陰に隠れた頃に、夜の港にバンバンと音が鳴りはじめていた。

「これで船庫にいた者達は、助かるだろう。……スヴァリナという国の組織が麻痺《まひ》していなければな」

一緒についてきた少女に向かって、ラウノはそう説明した。

「ありがとうございました。本当に、いくらお礼を言っても言い足りません」

少女は深々と頭を下げてきた。

言葉遣いは上品で、明かりのあるところで顔を見れば整った顔立ちをしていた。少々細すぎるのが難点だが、奴隷として売るなら高値がついただろう。

今は解放されたが、すぐにまた別の奴隷商にでも捕まって、同じ目に遭うだろうことも簡単に想像がつく。

「邪魔をされそうになったから、しかたなくだ。助けたわけではない。これからこの国は荒れるだろう。なるべく田舎まで行って教会に保護してもらうといい。じゃあな」

身を翻《ひるがえ》そうとすると、少女はラウノの服の裾を引っ張ってきて引き留めてくる。

「私の名前はベアトリスです。神を信じるのをやめました。だから教会には行きません」

「お前の名前も信仰についての考えも聞いてないし、興味もない」

「どこにも行くあてがないのです。何でもします。……きっとお役に立てると思います」

「間に合ってる。どうしてひっついてくるんだ。殺されたいのか」

「……ただ、あなたが強いから」

その時ベアトリスと名乗る少女は、ラウノに向かってにっこりと微笑んだ。

視線を直視できなくて、今度こそ背を向けて歩き出す。しかし少女はすぐにあとを追ってくる。

「ついてくるな」

「たまたま行きたい方向が同じなんです」

「そうか……」

ラウノは構わず早足で歩き出した。日頃鍛えている成人男性の足と少女の足はまったく違う。最初のうちは走るようにしてついてきたが、すぐに限界がやってくることはその場にいた誰もがわかっていた。

部下達は戸惑いつつも、とりあえずはラウノに従っていた。

しかし、しばらくしたところで少女が石畳に足を取られ転倒してしまうと、部下の一人が駆け寄っていく。

「お嬢ちゃん、大丈夫かい？　ええっと……ベアトリスちゃんだね。おじさんと一緒に来るかい？　うちの子にしてあげようか？」

そう言って助け起こしたのは、情報収集を得意とする部下の一人で、四十を過ぎた独身の男だった。

これには、さすがのラウノも放置しておくことができなかった。

裏切り者の件ですでに部隊として失態を犯している。その直後に犯罪者を出すわけにはいかない。この部下の能力は認めているが、それ以外の部分は一切信頼していない。

「やめろ。こいつは幼女趣味の変態男だ」

しかたなく戻り、少女を再び回収する。ここまできたら責任者である自分が、少女の身の振り方を考えてやらなければならない。

あとになって思えば、それはほんの気の迷いだった。ただうっすらと残る過去の自分の記憶と重ね合わせただけ。気まぐれに解放してやっただけ。

正規軍でそこそこ出世した今のラウノなら、苦もなく助けてやれるともわかっていたから、手を差し伸べた。

しかし、スヴァリナからカルタジアまで戻ることとなった旅の中で、すぐに後悔する。

「やはり子どもは面倒だ」

少女には体力がなく、いつも通りの移動ができない。自国まで戻るあいだ、何度そこに捨て置いてやろうかと悩んだかわからない。

カルタジアに戻ったあとは、今回の任務の件と一緒に、その少女についても上層部に報告した。

これをおもしろがったのは、最初にラウノを軍に誘った将軍だった。彼の命令もあり、少女はそのままラウノの屋敷で引き取ることになった。

その手を見た時から察してはいたが、はじめは掃除のひとつもできないし、自分の身の回りのことすらままならなかった。

そんな状態でも、ある日ベアトリスはこんなことを言い出した。

「私に剣や銃の使い方を教えてくださいませんか？　いつか軍に入りたいのです」

「そんなものは、自分の身の回りのことくらいできるようになってからにしろ」

子どもの面倒の見方など知らないラウノだ。とりあえず屋敷に部屋を与え、あとは使用人のコンラードとヘレンに任せることにした。

彼らは夫婦で、二人そろって面倒見がよい性格をしている。年齢的にもベアトリスの親代わりになってくれるだろうと予想していた。

実際にヘレンとすぐに打ち解けていく様子を確認したあとは、肩の荷が下りた気分だった。

その頃はスヴァリナ公国との本格的な開戦を控えていて、忙しかった。

それにラウノが直接関わるより、ヘレンに預けておくほうが、ベアトリスにとって何倍も健全だろうという思いもあった。

何より屋敷に戻るたびに「ご主人様！」と人なつっこく寄ってくるその存在にどうしても慣

れない。

だから、それからしばらくはベアトリスのことはあえて気にしないことにした。

屋敷にいるコンラードから知らせが届いたのは、軍の本部に数日間詰めていた時のことだ。

『ご主人様へ。ここ数日ベアトリスが伏せっております。町医者には診《み》せましたが悪化するばかりです。ご指示願います』

その文面を読んだ時、ラウノは生まれてはじめての感情に襲われてしまう。

この気持ちは「後悔」だ。

今までは「あの時こうしていれば」と悔いるのは、弱者がするものだと思っていた。しかしラウノはこの時確かに、ベアトリスに対して無関心を装ったことを後悔したのだ。

この国はまだ整備されていないものが多く、庶民に向けた医療は大きな課題となっている。重病だった場合、正しく対応できる町医者が少ない。コンラードだけでは対応しきれなかったのだ。

ラウノが家からの知らせを握りしめたまま渋い顔をしていると、ある部下が遠慮がちに声をかけてきた。

「部隊長？　どうかなさいましたか？」

彼は暗部の事務処理担当で、戦場以外ではラウノの右腕のような存在だから、上官の小さな感情の変化を見抜いてきたようだ。

ラウノはしばらく顔の前で手を組み、どうすべきか考えたあと、ぼそぼそと言い訳をするように口を開いた。

「最近、ある生物を飼いはじめたんだが」

「……生物？　何の生物ですか？」

「金茶色の、わりと毛並みのいい小さな生き物だ。目は大きめで元気に跳ねるが、……人恋しがる気性がある」

「それは、うさぎでしょうか？」

前回の任務に同行していた別の部下が、誰を指しているのか悟っているような視線を浴びせてくる。

ラウノはこれを無視して、問いかけてきた部下だけに聞こえるよう、小さな声で肯定した。

「まあ、そのようなものだ。それがどうやら死にそうらしい」

「私も犬を飼っておりますので、お気持ちは理解できます。それに一度飼うと決めたのなら、飼い主には強い義務が生じるでしょう。どうぞ、お帰りください」

ラウノは話の早い部下で助かったと、内心ほっとしながら無言で頷いて席を立つ。

それから医務局のあたりで、ちょうど自分の家に帰ろうとしていた軍医を一人見つけて連れ出し、急いで屋敷に戻った。

「ご主人様？」

部屋に入るとすぐ、弱々しい声でベアトリスが呼びかけてきた。会えて嬉しいとでも言うように笑顔まで見せてくる。

しかし顔は赤く、数日のあいだにすっかり頬が痩《こ》けてしまった。拾った時より酷いありさまだ。

ラウノは軍医を部屋に入れて、さっそく診療を依頼した。

有無を言わせず連行され不満そうにしていた軍医も、患者の姿を見れば医師の顔に戻るものらしい。

丁寧な診察のあと、軍医はラウノにこう告げてくる。

「ああ、これはもう少しで手遅れになるところでした。おそらく最初に処方された薬は効かないでしょう。医局なら用意できますが……」

語尾を濁《にご》したのには理由がある。

医師であると同時に軍人でもある彼は規律を遵守しなければならない。時間外に偶然見つけた病人を診るくらいなら見逃してもらえるが、高価な薬を処方する場合そうはいかない。手続きがかなり面倒なのだ。

「……責任はとるから。早急に最善を尽くしてくれ」

ラウノはその場で将軍宛の書簡の準備をはじめた。ベアトリスを引き取れと言ったのは彼だ。協力してもらうしかない。

まだ確証はないが、ベアトリスには死なせてはならない理由があるとラウノは考えている。今はそれを利用し、融通をきかせてもらうしかない。

書状を託した軍医を見送ったラウノは、ベアトリスの部屋で彼女の様子を見守った。

問診を受けた疲れもあったのか、苦しそうだ。そこにあった水と布で頭を冷やしてやるとほんの少しだけ表情が和らいだが、きっと気休めにもならないだろう。

「ご主人様、病がうつるといけません……」

「うつる病とは聞いていない。子どもはそんな心配するな。少し休め」

「……ここにいてくださいますか？」

どうしてこうも懐かれてしまったのか。だが、頼れる者もおらず知らない国にやってきたベアトリスは、確かに守ってやる大人が必要だ。

スヴァリナからカルタジアまでの旅でも、夜になるとうなされていたことも知っている。そしてラウノのそばにいれば安全だと思っているらしいことも。

ラウノは彼女の願いを受け入れたことを表すように、ベッドの端に腰を掛けた。

しばらく黙ってそばにいると、ベアトリスは目を閉じて眠りはじめる。

（これは、どうすればいいんだ？）

人の看病などしたことがないラウノは、戸惑った。そっと部屋から出て行きたいところだが、起きた時自分がいなかったら、子どもの些細《ささい》な願いを無視したことになってしまう。

結局長いあいだ、ラウノはその場に留まっていた。

眠っていても呼吸は苦しそうで、途中からは悪夢でも見ているのか、うなされるようになっていた。ベアトリスの手がさまよいはじめたのを見て、ラウノは思わずその手を握ってしまう。命を繋ぐ糸を探しているように思えたのだ。

『だめ……私、まだ死ねない』

ベアトリスが力なく発した言葉は、スヴァリナ語だ。

これはラウノに向けて言っているわけではないのだから、無視をすべきだった。

「どうして生きたいんだ。生きているほうが辛《つら》いことが多いだろう」

愚かなラウノは、眠っているベアトリスにそんなことを問いかけてしまう。

『復讐……するから。……絶対。そのために生きるから……』

呼吸は整っておらず、変わらず苦しそうだ。

このまま死んでしまうのではないかと心配になり、ラウノはしばらくのあいだ手を離せなかった。

ベアトリスの命は、ラウノがこれまで奪ってきた者の命と何ら変わりはない。理不尽な理由で、簡単に消え失せていくものだ。

そしてラウノは誰かを守るために行動したことが、小さなことですらなかった。戦場に立ったのは人のためでもなければ国のためでもない。ただ生きていくための手段に過ぎなかった。

それなのにこの娘と出会ってから、いつもと違うことをしている。

（そういえば……）

誰かに助けを請われること、礼を言われること、慕われること、そんな経験今まで一度もなかった。自分の顔を見て、怯えず笑ってくれる者も希有《けう》な存在だ。

人の「生」に興味はなかったはずのラウノは今、ベアトリスを見捨てることができない。

「お前は復讐のために生きるのか。……だったら必死にあがいてみろ」

意識のないベアトリスにそう呼びかける。

ほんの気の迷い。明日気が変わって突き放すかもしれない。それくらいラウノは自分のことを信用していない。

ただこの気の迷いが続いているうちは、自分の片手ひとつでできる程度のことはしてやってもいいと、そう思えた。


ベアトリスは、軍医に処方された薬を飲んで命を繋ぎ止めることができた。

彼女がようやくベッドから起き上がれるようになった頃、ラウノは任務で屋敷を構えている首都から離れることとなった。

ベアトリスの祖国であるスヴァリナとの戦いが、いよいよはじまるのだ。

「いいか、ベアトリス。戻るまでに病を治しておくように。そうしたらひとつくらい願いを叶えてやろう」

柄にもなく出征を告げ、先の約束をしてしまった。

ベアトリスはラウノが祖国を滅ぼすことについて何も言わず、ただ「早く帰ってきてくださいね」と見送りの言葉をくれた。

戦いにおいて、ラウノはスヴァリナ公国を早期に陥落させる作戦を立て、上官に提出していた。そして作戦は認められ、現場の指揮を直接執り、見事成功させた。

戦争の終結と前後して、ラウノは自分が拾ってしまった娘の素性について調べていた。

ベアトリス――それは大公家に仕えていた家臣の娘の名だった。

母親は大公家の乳母であり、「大公家の悲劇」と呼ばれる、大公一家が不審な死を遂げた離宮での凄惨な事件の、数少ない生き残りということになる。

スヴァリナ公国側にいた人間の中では、先に裏切ったのはカルタジア王国ということになっていて、前大公夫妻の暗殺に関与したとされている。

そこからさらに国を乗っ取った非道行為の中心人物として、真っ先に名前が挙げられるのがラウノ・ルバスティだ。

ベアトリスは他のスヴァリナ人と違う認識を持っているはずだが、ラウノが戦いで命を奪った者の中に、彼女の大切な人などいなければいいと密かに願った。

ベアトリスに嫌われるようなことはしたくなかった。

彼女はラウノの良心だ。

自分の生い立ちと勝手に重ね合わせたことによる気まぐれと、少しの気がかりから助けた相手だが、人を殺すことしかできなかった自分の手で、唯一救った命でもあった。

4　いいから黙ってついてこい

カチカチと、炎に焼かれた木が爆ぜる音。

家族が残っているはずの城が、燃えさかる炎に呑み込まれていく。

（やだ、やだ、やだ！　私が助けなきゃ）

何度も何度も繰り返しベアトリスの脳裏をよぎるのは、血を流して倒れた母と弟の姿。

あの日できなかったことだが、せめて夢の中では諦めたくなくて、助けに戻ろうと走り出す。

しかし、いくら走っても建物との距離は縮まらない。肌を焼くような炎の熱さだけがやけに鮮明だ。

突然、風が吹いて目を瞑《つむ》ると、今度は暗闇に包まれる。そこはもう、炎が完全に届かない真っ暗な場所だった。

逃げ出したあの夜に、実際に目にした光景と重なっていく。風の音がするほうに向かって歩いて行くと、誰かが手を握ってくれた。あの日一緒にいた、たった一人の友達が夢にも現れたのだ。

（そうよ、私には役目がある……）

一人じゃない。そのことに勇気づけられ、自分がすべきことを思い出し前へ進む。

「ここにしましょう。この谷に投げ入れてしまえばいいわ」

「でもこの谷はまるで奈落に繋がっているように思えます。……もう一度戻ってくることができるでしょうか？」

目下に広がるのは、深い谷だ。

「いいの。あの男の手にさえ渡らなければ、それでいいの。隠すのではなく捨てるつもり」

谷に向かって、握りしめた手を突き出した。そしてためらいなく手を開くと、一瞬で手中にあったものは落ちていく。自分の髪と同じ金の色の指輪だった。

吹き上げてくる風は、ヒューヒューと音を鳴らす。

いっそあと一歩、暗闇へと踏み出してしまえばいいのではないか。そうすれば楽になれる。

あの夜の誘惑が夢の中でも襲ってくる。でも――。

(だめ……私、まだ死ねない。復讐……するから。……絶対。そのために生きるから……)

決意をすると、鈍っていた感覚が鮮明になってくる。誰かがベアトリスを暗闇から引き戻そうと、手を握ってくれているのがわかった。

「……ご主人様？」

ベアトリスが目を覚ますと、ラウノが無表情のままそこにいた。

（そうだった……、私、カルタジアに来て、寝込んでしまってたんだわ……）

奴隷として売られそうになっていた船でラウノと出会い、故郷を出てこのカルタジア王国にやってきたのは三週間前。助けてもらったラウノを頼り、そのまま彼の家に置いてもらっていたベアトリスだが、環境の変化のせいか病にかかり寝込んでしまっていた。

数日間、呼吸もままならない辛い症状が続き、気弱になっていく。このまま誰にも知られずひっそりと消えていくのが怖くなった。そんなベアトリスの元に、ラウノが顔を出してくれた時は救われた気持ちになった。

それからのことはよく覚えていない。いつの間にか眠ってしまっていたようだ。

「ずっとここにいてくださったんですか？」

「ずっとではないが……お前がそうしろと言ったからなるべく様子を見るようにしていた」

「もうすっかり暗くなってしまいましたね。本当にごめんなさい。……何時間も」

ラウノが顔を出してくれたのは昼過ぎだったと記憶しているが、今はもう部屋のランプが点されている。

「いや、二日だ」

「二日？」

「俺が戻ってきてから二日たっている。途中で薬を飲ませるために起こしたが……覚えていないのか？」

ベアトリスは首を振った。その動作がいけなかったのか、目眩《めまい》を起こしてしまう。

「急に身体を動かさないほうがいい。寝すぎだ」

ラウノは事実を述べただけで、たいしたことをしていない態度でいる。

「どうして優しくしてくれるのですか……？」

ラウノには自覚がないのか、問いかけても答えてはくれなかった。ただ、不思議そうな顔でベアトリスのことを見ているだけだった。

◇◆◇◆◇

ベアトリスには復讐したい人物がいる。ラウノと一緒にカルタジアにやってきたのは、強い彼から復讐の手段を学ぼうとしたのだ。

しかしベアトリスが剣を取る前に、カルタジア王国とスヴァリナ公国は本格的に戦争をはじめ、ラウノがベアトリスの復讐相手をあっさり片付けてしまった。

世界で一番憎い相手が破滅した――。

それはベアトリスにとって慰めになったが、新しい人生のはじまりの日から、半年もたたずに生きる目標を失ってしまったことにもなる。

「私……何もできなかった」

己の無力さを知ったベアトリスは、生きていく理由がわからなくなってしまった。

コンラードもヘレンも優しく、ルバスティの家は居心地がよすぎてしまう。こうやってぬくぬくと生きていることが、罪のような気持ちになっていった。

カルタジア勝利の報からしばらくして、ラウノは屋敷に戻ってきた。

コンラードから知らせを聞き、急いで出迎えようとしたが、その前にラウノ自らベアトリスの部屋に足を運んでくれた。

「戻ったぞ」

「はい。ご主人様、ご無事のお戻り何よりです」

本当は、「ありがとうございます」と言いたかった。しかしそれを口にする勇気はない。ラウノはベアトリスの復讐を代行するために、戦ったわけではないのだから。

「お前……約束はどうした？　病を治しておけと言ったはずだ」

ラウノは顔を見るなり、ベアトリスを咎めてきた。しかし、病はもう完全に治っている。寝台から出て、一人前にはほど遠いが、ヘレンの手伝いだってしている。

咎められる理由がわからないでいると、ラウノがため息を吐き出していた。

「子どものくせに、死人のような顔をしている」

「もともと、こんな顔です……」

「故郷に帰りたくなったんだろう」

「そう……かもしれません」

無理矢理ついてきて、勝手な自分が情けなくなる。それにその場所に今戻っても、ベアトリスにできることはない。でも、ここにいてもできることは何もなかった。

「はっきり言っておく。今身寄りのないお前がスヴァリナに帰っても三日も生きていけない。無駄なことはするな。それと……少し待っていろ」

そう言ってラウノは、一度部屋を出て行くと、十分ほどしてからもう一度現れた。

「お前には、借金がある」

「……？」

ラウノはたった今書き付けたような、インクが乾ききっていない書面をベアトリスに見せてきた。

「まず、旅の旅費。これがタダだと思っているのなら大間違いだ。それと医療費。最高水準の医師と薬を特例として使ったんだ。肩代わりしてやっていること、都合よく忘れてはいないだろうな？」

書面に書き記されていた、もっともらしい数字の並び。まだカルタジアの通貨に疎《うと》いためどれほどの金額かはっきりしないが、とにかくゼロがたくさんだ。

「逃げ出そうものなら、地の果てまで追って回収してやるから、そうなりたくなければさっさと仕事を覚えて働いて返すんだな」

「…………」

ベアトリスは返事に詰まった。とんでもない論法で、彼はベアトリスにここに居続ける口実を与えてくれたのだとわかる。でも、その書かれた金額が妥当なものかさえわからない。

「返事！」

「は、はい！」

脅すように言われ、ベアトリスは勢いで返事をしてしまう。直後、ラウノは詐欺が成功した時のような悪辣《あくらつ》な顔をした。

「わかったならいい。それと……」

「まだ何かあるのですか？」

ベアトリスは思わず警戒する。たった今、借金を抱えたばかりだ。これ以上悪い話は聞きたくない。

「……せっかく土産をやろうとしていたのに、欲しくないならやらない」

「欲しいです！」

ラウノは持っていた小袋を、ぽんと乱雑に投げてきた。

とても軽い袋だ。縛ってあった紐《ひも》を解いて口を開けると、そこから色とりどりのリボンが出てきた。

「きれい……」

リボンには花の刺繍がしてある。どの色か選べなかったのか、赤、青、黄色、緑と四色も袋に入っていた。

「それで、願いは何か決まったか？　元気になったらひとつくらい願いを叶えてやると約束をしたはずだ」

願いならあった。復讐がしたかった。でも、もうこの人が叶えてくれた。

だからベアトリスは小さく首を横に振る。

「……私、髪につけるリボンが欲しかったんです。今、つけてみてもいいですか？」

ベアトリスは自分の部屋にある小さな机の引き出しから、櫛《くし》を取り出し髪を梳《と》かす。

ぼさぼさになりかけていた髪は、ここに来てから以前より短めに整えられ、随分艶が戻ってきている。

ラウノが買ってくれたリボンは、一本がかなりの長さだった。髪をまとめないまま、頭部でくるりと一周させる方法を試してみる。

これくらい簡単だと、鏡を見ながら挑戦するが上手くいかない。

「本当に何もできないんだな、お前は。よくも役に立つなどと言えたものだ」

「お掃除は得意になりました。薪《まき》割りだって、お料理だって、お買い物にだって行けるようになります」

言いながら、もう一度リボンを巻く。

「子どもは危ないから、火は使うな。怪我をするから薪割りもしなくていい。買い物も一人では行かないように。誘拐されるぞ……それと面倒だ、貸せ！」

見るに見かねたラウノが、ベアトリスからリボンを奪い取る。ついでにベアトリスが一度机に置いた櫛も手に取った。

ラウノは普段の粗野な言動からは想像できないほど優しい手つきで、ベアトリスの髪を梳かしてくれた。

（あったかい……）

スヴァリナの滅亡で繊細な気持ちになっていたベアトリスに、そのぬくもりはじんわりと染み込んでくる。

「私、借りたものはちゃんと返します。一生かけてでも。……拾ってくれてありがとうございます」

「お前が勝手についてきたんだ」

どこまでも口の悪い主人に、ベアトリスはにっこりと微笑んだ。

それから数年間、ベアトリスは使用人としてルバスティの家に住み込みで雇われていた。

旅費と医療費の名目で請求された借金はあってないようなもので、給金から引かれていることになっているが、ベアトリスの手元には十分な金額が毎月手渡されていた。

当時の屋敷は小さく、使用人もコンラードとヘレンとベアトリスしかいなかった。

ベアトリスに与えられる仕事は子どもがするお手伝いの水準で、それ以上をやろうとすると皆に「危ないからやらなくていい」と言われてしまう。

あとになって思えば随分甘やかされていたのだが、それがあたりまえになってしまい、しばらく気付けずにいた。

ラウノはますます忙しくなっていたが、それでもよくベアトリスの勉強を見てくれた。

「お前は賢いから、将来机に向かう仕事のほうがいいはずだ」

「あの、ご主人様……私は将来、何か別の職業に就かなければなりませんか？」

「そんなこと知るか。好きにすればいい」

「だったら、私はずっとご主人様にお仕えします」

ラウノはどうでもよさそうにしていたが、だめだとも、早く出て行けとも言わなかった。だからベアトリスは、ずっとこんな日が続くものだと思っていたのだ。

穏やかに暮らしていたベアトリスの生活にも、十六歳になると変化が訪れる。

ラウノが長らく住んでいた屋敷から、もっと大きな屋敷に引っ越すことに決めたのだ。

この頃ラウノは参謀に抜擢されていて、地位に見合う住まいを必要としたのが、引っ越しの理由だった。

ベアトリスは、引っ越しに不満などなかった。ラウノは命をかけて戦っているのだから、戦地にいない時くらい豊かに暮らすべきだと思っていた。

「本当に大きなお屋敷ですね。お掃除も大変そうだけどがんばります」

はじめて新しい屋敷に足を踏み入れたベアトリスは、そう意気込んだ。屋敷が大きくなったら、窓拭きだけでもかなりの時間がかかる。しっかり働ける機会がやってきたことを歓迎したのだが、ヘレンは苦笑していた。

「さすがに私とあなたの二人では掃除しきれないわ。大丈夫、もっと人を増やすそうですよ」

そうして数日後には、新しい使用人達がやってきたのだが、中でもヘレンから個別に紹介された女性使用人が二人いた。

「新入りのアンナとセシリアよ。二人ともあなたと年が近いから、仲良くなれるといいわね」

黒髪の溌剌《はつらつ》とした女性がアンナで、金髪のおっとりとした女性がセシリア。共にベアトリスよりふたつ上の十八歳なのだという。

「はじめまして、私はベアトリスです。よろしくお願いします」

「ええ、こちらこそ。部屋も隣同士になるからよろしくね」

「はい！」

同世代の友人ができたようで手放しで喜んでいたベアトリスだが、この出会いで自分の至らなさを痛感することになる。

ベアトリスのほうが使用人としては先輩で、彼女達に仕事を教えるようにヘレンから言われていたが、二日もたたないうちにそんな関係性は成立しなくなった。

アンナもセシリアも、よく仕事ができる人達だった。アンナはベアトリスの倍の速さで掃除ができるし、倍の荷物を運べる。しかも雑なところなどなく、いつも完璧だった。

セシリアは、他の者が見逃すようなところに気付くことができる。洗濯をすれば、ほつれそうな部分を見つけ破損する前に対処をするし、天候や気候に合わせて臨機応変に動くことができる。

三日目にはアンナに効率よい掃除の仕方を、セシリアには、ひのしを使ってシャツの皺を上手になくす方法を学ぶようになっていた。

「私達のほうが二歳年上なんだから、あたりまえよ。私が前のお屋敷で働きはじめたのは今のベアトリスと同じ十六歳の時で、何もできずに怒られてばかりいたわ」

アンナはそう言うが、ベアトリスはもう四年も使用人として働いている。……いや、働いていたつもりだった。その期間いったい何をしていたのだろうと、自分が恥ずかしくてしかたなかった。そして間もなくして、別の悩みも生じる。

「セシリアさんと、ご主人様……」

その時建物の中にいたベアトリスは、庭にセシリアとラウノが二人でいる姿を見つけた。

セシリアは花を生ける才能もあるようで、庭に出て、屋敷に飾る花の剪定《せんてい》をしているところだった。そこで偶然通りかかったらしいラウノと立ち話をしている。

会話が弾んでいる様子から、二人が親しい関係になりつつあると考えると、ベアトリスの胸のあたりがもやもやとしてくる。新しい屋敷に引っ越してから、ベアトリスはラウノと接する機会が減ってしまい、寂しい気持ちもある。

ベアトリスがそんな二人を窓からそっと眺めていると、いつの間にかすぐ横にアンナがやってきていた。

「セシリア、大丈夫かしら？」

ベアトリスと同じ光景を見ながら、彼女はそう言った。

「心配しなくても、ご主人様は噂よりずっと優しい人です！」

敵に対しては冷酷なラウノだが、か弱い女性に危害を加えてくるようなことは絶対にしない。ベアトリスは主人のことを誤解されたくなくて、つい言葉に力を込めた。

「そうじゃないわよ。私達は使用人だから、雇い主と親しくなろうなんて考えるのはよくないと思って、心配しているのよ」

窓の外のセシリアは、愛《いと》しい人を見つめる眼差しをラウノに向けている。時折微笑んでみせる姿は美しい。

「セシリアさんは、ご主人様のことが好きなのでしょうか？」

「さあ、どうかしら？　恋なんて感情は二の次で、安定を求めてしまうのかもしれない。……

裕福になりたいってことよ。ご主人様も早く奥様をお迎えになったらいいのに」

「奥様……」

この時、ラウノがどんな顔でセシリアと会話しているのかはわからなかった。笑っている顔はまったく想像できなかったが、挨拶よりずっと長い時間会話をしていたから、ラウノもまんざらでもないのだと思えた。

しかし一週間後、セシリアは屋敷から姿を消してしまった。

ヘレンは、事情があって急に退職することになったとしか教えてくれなかったが、セシリアの性格からして、挨拶もなしにいなくなってしまうのはおかしい。

ベアトリスはどうしても彼女のことが気になって、アンナに何か知らないか尋ねてみた。

「本当はね、ベアトリスに余計なことを吹き込むと怒られるんだけど、確かに知らないとずっと気になってしまうわよね。だから内緒にしてくれる？」

「はい」

「あのね、……私見たわ。昨日の夜、セシリアがご主人様の部屋のほうに向かっている姿を」

「部屋に？　夜？」

主人の部屋のあたりを夜見回るのは、男性使用人の仕事だ。だから、セシリアがそのあたりに向かうのはおかしいとベアトリスにもわかる。

「誘ったんだと思う。それで追い出されたんでしょう」

「…………」

アンナの言うことが理解できた瞬間、ベアトリスは頬を赤らめた。それはベアトリスがまったく想像できなかった大人の世界の話だった。

「ご主人様は、応じなかったってことですか？」

「あたりまえじゃない。ご主人様からしたら私達はただの小娘よ。相手にするわけないでしょ」

私達――。その言葉に思わず震える。ベアトリスにはセシリアのような勇気はない。でも、彼女と共通の感情を持っていた。「ご主人様の特別になりたい」という思いだ。

(私も、いけないことを考えてる……きっとずっと前から)

近くにいたい。たくさん話をしたい。それだけではなく他の女性と親しくしないで欲しいなんて、身勝手な感情を持ったこともはっきりと自覚してしまった。

それは使用人として許されない感情。でも、もしかしたらもうベアトリスの心に深く根付いてしまっているかもしれない。

それから間もなくして、ラウノは戦地に直接赴くことが決まった。

明日にも出発してしまうというので、ベアトリスはヘレンと一緒に彼の軍服を整え、一人で部屋に持って行った。

思えば、ラウノと一対一で接することすら久しぶりだった。

「あの、ご主人様……早く戻ってきてくださいね」

いつだって、ラウノが戦場に行ってしまう時は不安だ。きっとそこはとても恐ろしい場所だから。

いくら彼が強くても負傷することもあるし、最悪命を落とす可能性だってあるのだ。

そして今夜は自分の心も弱くなってしまっていて、余計不安を募らせていた。

「何だ？　辛気くさい顔をするな。いつも通り普通にしていろ」

「はい」

自信なくうつむきがちに返事をすると、彼の手がベアトリスの頭部に触れた。

「このリボン、随分くたびれている。みっともないからそろそろ捨ててしまえ」

今日の髪飾りは、以前ラウノが買ってくれたリボンのうちのひとつだった。この四年間、ベアトリスの髪飾りは、いつもラウノがくれたリボンだった。服や気分で四色のうちからひとつ選んでいる。毎日使っているので、彼の言う通り確かにくたびれていた。

「また土産に買ってきてやる。……いや、選ぶのが面倒だから、いっそ戻ってきたら一緒に買い物に行くことにしよう」

「それは、あの……」

気軽にものを買い与えられるのは、彼がベアトリスのことを子どもだと認識しているためだ。

これがセシリアだったら、勘違いさせるようなことはしなかっただろう。

もし彼に大人として認識して欲しいなら、断るべきだ。でもベアトリスにとってそれは、あまりに魅力的な提案で、すぐに拒否の言葉を口にできなかった。

「今回はもしかしたら戦いが長引くかもしれない。どんなに些細なことでも、約束があると気休め程度にはなる。忘れないうちに戻ってこようという気になるからな」

ラウノはとてもずるい人だ。これから戦場へ向かうために必要な約束であれば、拒否なんてできるわけもない。

「約束……ですよ。どうかご無事で」

ベアトリスはこの約束を胸にそっとしまいながら、密かに誓う。

再会するまでには、もっと役に立つ立派な使用人になっていようと――。

◇◆◇◆◇

ラウノは二年近く帰ってこなかった。

そのあいだにベアトリスはヘレンやアンナから仕事を懸命に学び、一人前の使用人に成長していた。

主《あるじ》不在の屋敷だが、ラウノがいつ戻ってきてもいいように、常に完璧な状態に保たれていた。

そうして十八歳の誕生日を過ぎた頃、カルタジアが戦いに勝利したという知らせが届き、間もなくラウノは帰還した。

「ご主人様。お帰りなさいませ」

ベアトリスは他の使用人と並んで、玄関でラウノを出迎えた。使用人は自分から話しかけてはいけないから、ただ頭を下げたまま通り過ぎるのを待つ。

カーペットの上を歩くラウノの靴だけが見えた。ベアトリスの前で止まることはないと思っていたラウノの靴の先が目の前でぴたりと止まったのを見て、ベアトリスは顔を上げる。

「今、戻った」

ラウノは今朝出て行って、仕事をしてから戻ってきたくらいの、何でもない態度だ。再会を喜ぶ気持ちなど一切出さない。それでも一番にベアトリスに声をかけてくれた。

「ご無事で何よりです、ご主人様」

「ああ……」

適当に頷いたラウノはその場で自分の上着を脱ぎはじめ、ベアトリスに渡してくる。

「食事はいい。今日は休む」

それだけをコンラードに伝え歩き出したが、一瞬目配せをされた気がしたので、彼の上着を抱えたままついていくことにした。

判断は間違っていなかったようで、ラウノは自分の部屋の扉を開けたあと、ベアトリスを招き入れるように、部屋の中までの通路を開けてくれた。

「失礼いたします」

主人の部屋に入ったベアトリスは、預かった上着が皺にならないようにハンガーに掛けた。

「何かご用はございますか？　湯の準備をいたしましょうか？」

二年のあいだに成長した姿を、主人に見せる時だ。以前は自分から気を回して仕事をこなすことができなかったけれど、今は違う。

得意気になりながら主の返答を待つと、深いため息を吐き出されてしまった。

「報告は受けていたが……」

ラウノが何か呟いていたが、それはひとり言のようで、ベアトリスは聞き取れなかった。ただ、彼のことをがっかりさせてしまったことはわかった。

「湯はあとでいい」

では、今自分は何をすればいいのだろうか。

ベアトリスが手持ち無沙汰になりながら様子をうかがっていると、ラウノはベアトリスの間近に立ち、見下ろしながら口を開いた。

「明日は、朝から出かける」

「はい、かしこまりました。……何時にご起床なさいますか？」

「違う。……買い物に行く約束をしていたはずだ。戻ったらすぐに、またこのみすぼらしいリボンが目に入ってきたせいで思い出した。捨てろと言ったはずだ」

ラウノの口の悪さは健在のようで、貶《けな》されているのにほっこりとする。

「でも、ご主人様はお疲れのはずです」

二年近く戦場にいたのだ。ラウノは参謀として、今はもう後方にいることが多いと聞くが、食事や寝る場所は屋敷とは大違いだろう。実際に二年前より頬が痩けてしまった。

しばらくはゆっくり休んで欲しい。

「俺の行動は俺が決める。とにかく明日、外出の準備をしておくように。それだけだ。……もう寝ろ」

「は、はい。そうします。おやすみなさい、ご主人様」

ベアトリスは今までにない感情が湧き立ち、逃げ出すようにラウノの部屋をあとにした。

それからまっすぐ自分の部屋に戻り、そのまま寝台に身を沈める。

「ご主人様と……」

二年前の約束だ。断ることなんて、やっぱりできない。

(どうしよう……)

理屈ではもっと距離を置くべきだとわかっている。でも嬉しい気持ちがどうしても抑えきれないのだ。

「今夜は眠れそうにない」

しばらくは喜びに耽《ふけ》っていたが、思い立って髪や肌の手入れをした。

興奮状態にあると自覚していたが、それでも明日のために体調を整えようと支度をしてから、布団にもぐりこんだ。

◇◆◇◆◇

ベアトリスは、本当に明け方まで眠れなかった。

少しうとうとしたところで、朝になったと気付き飛び起きる。

寝不足のはずなのに、目が冴えている。こんなに清々しい朝からはじまる一日は、きっといいことで溢れているに違いない。

顔を念入りに洗って、少しだけお化粧もした。服装には悩んだが、手持ちの中で一番上等なワンピースを選んで着替えを済ませる。

ラウノはもう起きているだろうか。はっきり何時と決めていなかったから、とりあえず確かめに行かなければ。

そんなことを考えながら部屋の扉を開けると、その先に、いつもはないはずの壁があった。

「あっ……」

ぶつかりそうになったところで、伸びてきた手に押さえられる。立ちはだかっていたのは壁ではなく、ラウノの身体だった。

「ちょうどよかった。出かける準備はできていたようだな？」

「はい、ご主人様。今日は、よろしくお願いします」

ラウノは軍服ではなく、ベアトリスに合わせてくれたのか商人あたりが着ていそうなシャツにベストの組み合わせで、コートは羽織らず手に持っていた。

歩き出したラウノのあとについて外に出ると、すでに馬車も用意されていた。

ラウノが乗り込むために手を差し出してくれたので、ベアトリスはきょろきょろと周囲を確認してから、ためらいがちに彼の手を取る。

昨日は興奮して素直に喜んでしまったが、外に出た瞬間に、使用人としてよくない行動をしてしまっていると自覚した。

二年前に彼に約束を取り付けた時は、本当に子どもだった。

（今日だけ、これで最後にするから……）

今日の外出を楽しみにしているのも本心で、やっぱりやめましょうとは言えず馬車に乗り込む。

「あの、ご主人様。七番街の雑貨屋さんに行きたいです」

二年のあいだに自分でも出歩くようになり、今はどのあたりに何の店があるか知っている。

ベアトリスが指定したのは、実際に何度か足を運んだことがある店だ。女の子が好むかわいらしい雑貨を取り扱っている。以前は文具を購入したのだが、お店には髪飾りやリボン、帽子などの衣類雑貨が置いてあり、気になっていたのだ。

「七番街？　………………いや、先に俺の所要を済ませる」

「はい。もちろんです」

ルバスティの屋敷から商店が立ち並んでいるあたりまでは、徒歩でも移動できる距離だ。そのため、馬車が動き出してから停車するまでに時間はかからなかった。

そこにラウノが行きたい店があるのか、二人が降り立ったのは町のシンボルとなりつつある、大噴水の広場の近くだった。

このあたりは、最近整備に力が入れられている場所だ。

乗る時と同じように、ラウノがベアトリスに手を差し出してくれる。少し照れながら素直に彼の手を借りたベアトリスだが、それから歩き出そうとした時、ラウノがごく自然な動作で腕を差し出してきたので、思わず目を丸くした。

彼は、腕を組んで歩くことを促している。

「男女が歩く時のマナーくらい、学んでいたんじゃないのか？」

立ち止まったままのベアトリスを見て、ラウノは機嫌を損ねたように言った。

「いえ……それは。でも」

紳士と淑女であれば、確かにそうだ。でも、主人と使用人では正しくない。使用人は必要があれば荷物持ちとして働き、主人の数歩後ろを歩くべきなのだ。

馬車の乗り降りは一瞬だし、背の低い女性にとって介助はありがたいからまだいい。でも、腕を組んで歩くことは気軽にしてはいけない。

「面倒だから何も言うな。腹が減ったから、買い物の前に食事をするぞ」

「はい。……お言葉に甘えて」

命じられてしかたなく……ではなく、ベアトリス自身が本音では喜んでしまっている。

ラウノの腕にそっと自分の手を添える。そこから体温が伝わってきて、ベアトリスの頬を赤く染めさせている。ドキドキして、ふわふわしてとても不思議な気分だ。

自分がちゃんと歩けているかわからないが、ラウノが一緒にいるからきっと転んでも助けてもらえる。そんな安心感がある。

ラウノが向かったのは、噴水広場近くの料理店だった。

「このお店知ってます！　卵料理と、アンズのケーキが有名だと聞いています。前から気になっていたんです」

「らしいな。……いや、ちまたでは有名らしいという意味だ」

「はい！」

早めに屋敷を出てきて正解だった。まだ正午を迎えてはいないが、席はあと二テーブルしか空いていない人気ぶりだ。

　空いていたうちのひとつに案内され、ラウノと向かい合って座る。この店は若い女性に人気で、テーブルクロスや装飾は全体的にかわいらしいピンク色、椅子は比較的小さめだ。

　そんな店にラウノが自分から進んで行きたがるわけがない。今も居心地悪そうに唸っている。

（だったら、なんで連れてきてくれたんですか？）

　想像すると、口元が思わず緩んでしまいそうになる。それを隠すように、ベアトリスはメニューを前にかざした。

　きっとラウノもどういう店か知らなかったのだ。ヘレンあたりが助言してくれたに違いない。

「好きなものをいくつでも注文するといい」

「いくつもなんて、食べきれません。看板メニューの野菜のオムレツにします」

「ケーキも頼んでおけ。それとも他のものにするか？」

　ベアトリスが甘党であると知っているラウノは、しきりに勧めてくる。

「でも、食べきれないので……」

　先客のテーブルに出ているオムレツをさりげなく確認した。一人で食べるにはかなりの量がありそうだ。だから、デザートまではとてもいきつかないだろう。

店員が注文を取りにくると、ラウノは味の違う二種類のオムレツを注文したが、それ以外にも、店にある四種類のデザートすべてを注文してしまった。

どうしてそんなことをするのかという目で見ると、彼は憮然《ぶぜん》と言い放つ。

「俺が食べるんだ。ほっとけ」

そう言うが、ラウノは普段甘いものなど食べない。ベアトリスを甘やかすためだとわかっていた。

最初にオムレツと付け合わせのパンが運ばれてくる。スキレットにのったオムレツはふわふわで軽い口溶けだ。

「とってもおいしいです」

「そうか、そちらも少しよこせ」

ラウノはハムが入ったオムレツにしたので、味見のためだと言いベアトリスの分を大きくすくって奪っていった。

「悪くない……」

ベアトリスはこれも知っている。ラウノは大食漢でもなければ欲張りでもない。

(ああ、今日はなんて日なのかしら！)

本当に素敵な一日だ。

届いたデザートは、四皿すべてラウノの前に置かれた。彼はいったいどうする気なのか、じっと見守る。

ラウノはフォークを手に取って、最初にアンズのケーキに手をつけた。小さく切り取ってフォークを刺すと、すっとベアトリスのほうに突き出してくる。

「さっき、食事を奪ったから少しだけ分けてやる」

「ありがとうございます。ご主人様」

ベアトリスが口を開けると、ラウノが食べさせてくれる。もし、ここにいるのが「鉄の参謀」だと知ったら、店員も客も皆驚くことだろう。

（ご主人様は、口は悪いけど優しいんだから）

彼のことを怖いと言うすべての人に、そのことを知って欲しい気持ちもあるが、自分の中だけに留めておきたい気持ちもある。

ラウノはベアトリスがお腹いっぱいだと言うまで、デザートを分け与え続け、残ったものは無言で自分の胃袋の中に収めてしまった。

彼は間違いなく無理をしていた。

食事を終えて間もなく、ラウノは次の目的地に向かうと席を立った。

「ご主人様、次の目的地まではお急ぎですか？」

「いや、急ぎではない。どこか行きたい場所があれば、先に寄ってもいい」

「では、それほど遠くないので付き合っていただけますか？　私のお気に入りの場所にご案内します」

ベアトリスはよい考えを思いついて、はしゃぎながらラウノの腕を取った。今度は自分から、彼を急かすようにして歩き出す。

そうしてラウノを連れていったのは、噴水広場から坂道を登ったところにある公園だ。見晴らし公園と呼ばれるその場所からは、町の様子が一望できる。

ラウノを連れてきたのは、目一杯になりすぎているだろう彼のお腹を、休める目的があった。

「ここです。ここに座ってください」

ベアトリスは手入れされた芝の上を指す。そして、肩に掛けてあった自分のショールを外して、敷布の代わりにした。

「待て、俺の上着を提供しよう」

ラウノはベアトリスのショールを拾い上げようとしたが、小さく首を振ってそれを止める。

「ご主人様の上着は高級品ですよ。私のショールは違います。洗うのは使用人ですから黙って座ってください」

ショールは、二人が並んでどうにか座ることができる程度の大きさだ。ベアトリスは先に座って、空いている部分をポンポンと叩いてラウノにも促す。

「食後の休憩です。何もしないでぼーっとする時間も時には必要です」

「そうか」

ためらう様子だったラウノも、ようやく座ってくれたので、ベアトリスは黙ってそこに広がる景色を眺めはじめた。

「ご主人様のおかげですね。最近町が、活気づいてきていますよ」

首都近郊は戦禍に脅かされるようなことがほぼなくなり、徐々に整備が進んでいる。お金をかけて建物を建造できるのは、他国からの脅威を食い止めてくれる軍、つまりそこで活躍するラウノのおかげなのだとベアトリスは思っている。

「……町の活気など知らないが、安定するまではあと少しだな」

ラウノにはもう先が見えているようで、本当に誇らしい。

それにしても、食後にただ黙って休んでいると、どうしたって眠くなる。ベアトリスは思わず大きなあくびをしてしまった。

はしたない。誰かに見られただろうかと周囲を見回したが、幸いなことにラウノ以外の人間は近くにいなかった。いつもはもう少し人が行き交っているはずだが、今日はとても静かで、聞こえてくるのは小鳥の囀《さえず》りだけ。眠くなるなというほうが無理だった。

「見張りが……いや、俺が見張っているから少し目を瞑っていればいい」

ラウノを休ませるつもりだったのに、自分が休もうとしている。でも昨日はほとんど眠れなかったせいもあり、睡魔にはあらがえなかった。

ダメ押しで、ラウノが寄りかかれと肩を引き寄せてくれたから、ベアトリスは自分の欲求に抵抗するのをやめて瞼《まぶた》を閉じた。

そのままラウノに寄りかかってうとうとしていると、最初はそよ風を心地よく感じていたが、ほんの少しだけ肌寒さを感じ、深い眠りに入ることができない。

そう思った直後に、あたたかいものに包まれる。

(なんだろう……)

ラウノの香りに包まれて安心する。

(ご主人様の香り、好き……)

そうして、ベアトリスは深い眠りに誘われる。


それからどれくらいたったのだろうか。上唇にくすぐったさを感じて、ベアトリスは「わっ」と飛び起きた。

一瞬、ここがどこだか忘れてしまう。

状況を確認すると、自分の肩にはラウノの上着が掛けられていた。そして、起きる前までベアトリスが枕にしていたのは、ラウノの膝だった。

彼の服には、ベアトリスが垂らしたのかもしれない涎《よだれ》のあとがついていた。

唇に何かの感触があったのは、彼が困って拭おうとしたからか。

「も、申し訳ございません」

今すぐ消えてしまいたいくらい恥ずかしい。しかしラウノは「何のことだ？」ととぼけてくれる。ベアトリスはその優しさに甘えて、何事もなかったふりをした。

「あの……私、どれくらい寝てしまいましたか？」

「二時間くらいだな」

「二時間！」

感覚的にはもっと短い時間だった。最初は肩を貸してくれていたはずだったが、途中で膝になっていたし上着も掛けてくれた。それを考えると、どう考えてもラウノはずっと起きていた。

彼を休憩させてあげるつもりだったのに、逆に過酷な時間にさせてしまった。何の罰ゲームだと思ったことだろう。

しかしラウノは怒った様子も見せずに言う。

「どこか、具合でも悪かったのか？」

問われ、ベアトリスは正直に告げるしかなかった。体調が悪いと誤解されてしまったら、屋敷にすぐに戻されてしまうからだ。まだこの素敵な時間が続いて欲しい。

「楽しみにしすぎて、昨日は眠れなかったんです。それで……」

するとラウノは呆れたのかため息を吐き出した。

「ごめんなさい。ご主人様のご用はまだ間に合いますか？」

昼食をとった時間が早かったから、まだ日は暮れない。ラウノが寄りたいどこかの店と、ベアトリスが行きたい七番街の雑貨店。二軒くらいは見て回る余裕があるはずだった。

「問題ない。もし全部回りきれなくともまた次回にすればいい。急ぐものは何もない」

「そうですね。ではまずはご主人様の行きたい店に行きましょう」

二人はまた噴水広場まで戻り、そこから町の一番栄えている通りに向かって歩いていった。

このあたりは、ベアトリスが一人では入っていけない高級店が立ち並んでいる。大きな窓越しに見える陳列棚は、通りすがりに見ているだけで楽しませてくれる。

「ご主人様は、何をお買い求めのご予定ですか？」

ラウノがここに来たということは、購入したい品があるからなのだろうと解釈した。

「いいから黙ってついてこい」

彼は無駄を嫌うから、ただ眺めて楽しむようなことはしない。

どの店に入るのだろうか。仕立屋か、帽子屋か、小物類だったら自分に選ばせてもらえるだろうか？　期待したがラウノはどこにも寄らず、まだ先を行く。

そうして立ち止まったのは、一際《ひときわ》高級感を漂わせる宝石店らしい店だった。

「宝石とは珍しいですね」

ベアトリスは嫌な予感を覚えた。彼は宝石など身につけない。だから誰かに贈り物をしたいのかもしれない。彼なら「女性の好みがわからない」という理由で、ベアトリスを連れて選ばせようとしてもおかしくはない。それは、今日だけは絶対に嫌だった。

まっすぐに店に入っていこうとするラウノを引き留めるよう、ベアトリスは歩みを止めた。

「何だ？」

「私、外で待っています」

こうしているあいだにも、ベアトリスの心の中でぐるぐると複雑な感情が渦を巻く。勝手に、彼が美しい貴婦人に跪《ひざまず》いて宝石を贈る姿まで想像してしまっている。

素直に何の目的か尋ねることができたらいいのに、それもできない。だったらせめて無関係でいさせてくれと、入店を拒否した。

そんなベアトリスに、ラウノは顔をしかめて言う。

「髪飾りを買うんだろう？」

「……え？」

だって彼は「先に俺の所要を済ませる」と言っていた。てっきりベアトリスの買い物とは無関係だと思っていたのだ。

「七番街の品物なら、お前の小遣いで買える。それでは意味がない」

どうしよう。

じんわりと目の奥に熱いものが込み上げてくる。ベアトリスは何より今、ほっとしている。他の誰かへの贈り物でなくてよかった。でも――。

「……だめです」

立ち止まったまま、どうにか絞り出すようにして言った。

あの店に自分は入れない。ベアトリスには、貴石のついた髪飾りを頭につける自分の姿など、もう想像することができないのだ。

「ただの使用人に、宝石など買い与えてはいけません」

本当は買ってくれようとしたその気持ちが嬉しいのに、応じることができなくて悔しい。

「いいか悪いかを決めるのは、俺だ。それに指輪や首飾りを買ってやるわけじゃない」

当然だが、ラウノはどんどんと不機嫌になってしまう。

彼は善意でベアトリスに贈り物をしようとしてくれたのに、ベアトリスがそれを突っぱねたから怒っているのだ。これはラウノに恥をかかせている状態だともわかっている。

「なぜ拒む？　理由を説明してみろ」

「それは……私だけ特別扱いしてはいけないからです」

ベアトリスは、隠し持っておくものを買って欲しいわけではなかった。いつも遠慮なく身につけておけるものが欲しかった。ラウノからもらったもので、後ろめたい思いなどしたくない。

「それだけか？　だったらこれからお前に使う金と同額を使用人全員に配ればいい。俺が留守のあいだ、屋敷を管理してくれたことへの臨時の褒美とする」

「……受け取るかどうかを決める自由は、まだ残されているはずです」

宝石は特別な相手にだけ贈るものだ。だから、ラウノがただの褒美というのであればますますいらない。

今はまだいい。……でも遠くない未来に、ベアトリスに宝石を贈ったことを後悔する日がくるだろう。

「子どものくせに、面倒な主張を……」

「私は……子どもだから、ただのリボンが欲しかったんです！」

子どもと言われたことが悔しいのに、ベアトリスはあえて自分が子どもであることを認めた。

主人の親切を断ったこと。思わず声を荒らげていること。今、してはいけないことをしている自覚はあった。

もしかしたら捨てられてしまうかもしれない。追い出されてしまうかもしれない。反抗している自分が愚かだとわかっている。

だからせめて、「子どもの癇癪《かんしゃく》」として、見逃してもらえないだろうか。

「……もういい、帰るぞ」

ラウノは不機嫌の頂点にいるようで、踵を返して歩きはじめる。今度はもう腕を組んではくれなかった。

夢の時間は終わりだ。

ベアトリスが自ら終わらせてしまったのだから、嘆く権利はない。

ルバスティ家の馬車は、すぐ近くに停車していた。最初からこの店に行くつもりで指示を出していたのだろう。

「俺はまだ用があるから、先に帰っていろ」

乗り込む時には手を貸してくれたラウノだったが、ベアトリスだけを馬車に乗せると、そのまま勢いよく扉を閉めて消えてしまった。

耳の中で、強く閉められた時に響いた扉の音がいつまでも反響している。

険悪な状態で二人きりになることを避けてくれたのだとわかるが、二人でいることに耐えられないと言われたような気持ちにもなり、酷く落ち込んだ。

ラウノの前で泣くのは我慢していたが、馬車が走り出した瞬間に限界に達してしまった。

一人きりの車内で、屋敷までの短い時間にその涙を止めることはできなくて、出迎えてくれたヘレンに思わず抱きついた。

「ヘレンさん……私……」

「まあまあ！　ご主人様があなたを泣かせたんですか？　もう何をしているのだか……本当に

「……」

十八歳にもなって、わんわんと泣きはじめたベアトリスのことを笑うことも叱ることもせず、ヘレンは母親のように慰めてくれた。

それから数日後、ベアトリスの部屋の前には小さな箱が置いてあった。中を開けてみると、いくつもの新しいリボンが出てきた。間違いなく、ラウノからだとわかる。

翌日にはその中から紫色のリボンを選んで頭につけて、彼の前で笑ってみせた。

ラウノは笑みを返してくれないが、納得したように一度頷いていた。少なくとも不機嫌ではなくなっていた。

それでも、しこりは残る。二人きりで外出することは二度となかったし、ベアトリスは使用人としての一線を越えることのないよう行動や言動に気をつけるようにした。

それは自分の心を守るために必要なことだった。

心に蓋をする。忘れたことにする。

幼い頃の家族との思い出も、復讐の気持ちも、望郷の念も、そして……恋心も。

閉じ込めて、見ないようにするのがベアトリスの生き方だ。

今までもそうやって生きてきたのだから、きっと今回だってできる。

ラウノは二十八歳で、もういい加減妻を迎えるはず。出自がよくわからない成り上がり者という扱いをされていたために、彼と婚姻関係を望む者が少なかったようだ。

しかし今は立派な屋敷を構え、戦いのたびに功績をあげている国の重要人物だ。そんな彼と特別な繋がりを持ちたいと考える貴族が増えるのは、間違いなかった。

しばらくするとベアトリスの予想通り、ラウノにはいくつかの縁談がもちかけられていた。屋敷に彼と交流のある貴族の客人がやってきて、縁談相手と思わしき女性の肖像画を置いて結婚の重要性を語っていくのだ。

「この女性はなかなか高貴な血統だ。結婚すればルバスティ家にも品格というものが生まれるだろう」

それに対し、ラウノはふんと鼻を鳴らして冷ややかに言う。

「血統とは何だ？　流れる血は皆赤く、区別なんてつかないものだ」

こういう時、使用人は「物」にならなければならない。

客人にお茶を出しながら、聞こえていないふりをする。肖像画の女性がどれほど美しいか、ラウノがなんと答えたかなど記憶してはいけない。

「結婚とは終わりのない拷問だ」

ベアトリスが部屋を出て行こうとした時、ラウノはきっぱりと言い切っていた。

詳しい理由はわからない。でも、彼が結婚をとても嫌がっていることが伝わり、救われた気持ちになった。本当はこんな感情、隠し持つことすら許されないのに。

ラウノはそれからも、誰とも結婚しなかった。

同じように縁談を断っている場面に幾度か遭遇したが、彼は揺らがなかった。

ベアトリスは徐々に、どうして彼がそう考えるのか理解できるようになってきた。

一度だけ、直接縁談の相手が屋敷を訪問してきたことがある。その女性はラウノにこう言っていた。

「わたくしは、現在と未来を重視しております。ですから過去のことは目を瞑って差し上げますわ」

彼女は、出自の低い生まれであろうラウノを蔑んでいる。目を瞑る——それは受け入れ、認めている意味ではない。

ベアトリスは、その女性の紅茶だけをとびきり苦くして出した。

当然、女性は失礼な対応に毒を吐き捨て怒って帰ってしまったが、ラウノは「生ぬるい。次からは塩でも入れておけ」と注文をつけながらも、褒めてくれた。

5　くれぐれも勘違いするな

十二歳で故郷からラウノと一緒にカルタジアに向かった時、散々な目に遭ったという記憶がベアトリスにはある。

馬車ではなくラウノの馬で移動したが、ずっと足やお腹に力を入れていないといけないからとても辛かった。弱音を吐くと置いていかれると思い我慢したのだが、途中で耐えきれず泣いたこともあった。

そのたびにラウノは舌打ちをするし、「泣いたら殺す」とか「そのへんで野垂れ死ね」などと暴言を吐いていた。

何度か本当に置き去りにされそうになったが、すかさず「幼女趣味の変態」と評された男性がベアトリスに優しく接しはじめ、それを見たラウノが思いとどまってくれるという繰り返しだった。

自分で選んだ道とはいえ、正直今となってもあれはいい思い出ではない。

――それから十年。

ラウノはカルタジア軍の高官になり、今度はひとつの州を任される総督となったわけだが、きっとこれまでに地位に見合う立ち振る舞いを身につけていったのだろう。

昔の彼は自分のことを「俺」と言い、ベアトリスのことは「お前」と呼んでいた。最近の彼は自分のことを「私」と言い、ベアトリスのことを「君」と呼ぶ。

冷淡な言葉は変わらないが、暴言はあまり吐かなくなった。

そして今、スヴァリナに向かう馬車の中で足を組みながら佇んでいるラウノは、総督という地位に相応しい品格と能力を有している。

ラウノのことが気に入らない人達は、素性の知れない傭兵上がりの成り上がり者と彼のことを蔑むが、それは節穴だとベアトリスは思う。彼は総督に相応しい立派な男性だ。

しかし、その妻となったベアトリスはどうだろう。

すっかり使用人として一生を終えるつもりでいたから、子どもの頃に学んだことさえ忘れてしまっているかもしれない。言葉だって怪しい。

馬車は今日にもスヴァリナ州に入る予定だ。

窓の外に視線をやると、すでに景色はカルタジアの首都のものと変わっている。

このあたりは、時代によって国境が何度も書き換えられている場所だから、スヴァリナ様式の建物もちらほらと見受けられるようになっていた。

レンガ石造りの建物。チョコレートのような濃く深い色味は、カルタジアや周辺諸国ではあまり見ない色味だ。

スヴァリナレンガと呼ばれるそれを見ると、捨てなければならなかった過去を思い出しベアトリスの胸は痛む。

（本当は、ラウノはどこまで知っているの……？）

彼から、一度も生まれについて問われたことはない。

頼る者のいない孤児だと自分で言ったきり、二人のあいだで過去の話が話題となったことすらなかった。

ベアトリスはラウノの妻役を引き受けたが、自分の事情をすべて打ち明けるべきなのかまだ悩んでいる。

「……今、何を考えている？　具合でも悪いのか？」

向けられた視線に気付いたラウノが、心を読んだかのように問いかけてきた。ベアトリスは

「なんでもない」と軽く首を振った。

「昔のことを思い出していました。十年前、……同じ街道を反対方向に旅をした時のこと。あなたのおかげで二度とない貴重な経験ができました」

「それは嫌味か？」

彼にも嫌味だと認識できる程度に、扱いが酷かった記憶はあるようだ。

「……今回は、身体は辛くないか？」

「とっても快適です」

ラウノは「そうか」と納得し、ふっと窓のほうを向いた。こういう気遣いの言葉をかけるの

は、彼の本意ではないのだろう。

それでも十分嬉しくて、ベアトリスは頬を緩めた。すると横目でちらりとそれを見てきたラウノは、しかめっ面になってしまう。

「なぜ睨むのですか？」

「私は昔から、この顔だ」

「死ぬまでに一度でいいから、あなたがお腹を抱えて笑うところが見てみたいです」

「やれるものならやってみろ。……五十年かけても無理だ」

「五十年も時間を与えてくださるなら、きっとできます。試しにお腹のあたりをくすぐってみましょうか？」

今ここでさっそく実行してみようと、ベアトリスは身を乗り出す。しかしその直後、乗り心地がよかったはずの馬車が大きく揺れた。

「――ベアトリス、伏せろ！」

ラウノはベアトリスを抱え、馬車の床に座り込む。

「襲撃だな」

ラウノは落ち着いた様子で、淡々と告げてきた。

ベアトリスも、スヴァリナに入ったら危険があることはわかっていたつもりだ。新しい総督を歓迎しない者もいる。

でも事態に直面すると、身体は一気に震え出してしまう。外から剣を打ち合うような音と、怒声が聞こえてきたらなおさらだ。

（あの日も……）

過去の悲惨な情景を思い出さずにいられない。ラウノも知らない、ベアトリスが全部を失った日の出来事だ。

家族が斬り殺され、暗い森を必死に逃げ惑った日の恐怖が蘇ってくる。

今ベアトリスは目を開いているのに、大切な人が次々に倒れていったその瞬間が脳裏に浮かび、悪夢を見ているような感覚に陥った。

走ったわけでもないのに、息が苦しい。じっと汗が滲《にじ》む。

そんなベアトリスを落ち着かせるように、ラウノが背中をさすりはじめる。

「案ずるな。準備は怠っていない」

ラウノの胸に自分の額をくっつけるようにして、ベアトリスは頷き静かな呼吸になるよう意識した。理性を保ち、決して騒いだりしないように。

外の喧騒が収まるまで時間はかからなかったが、そのあいだラウノはずっとベアトリスの背中をさすり続けてくれた。

「――閣下、ご報告いたします」

しばらくすると、馬車の外から声がかかる。ラウノの部下からだ。

ラウノは馬車の扉を開けることはせず、ベアトリスを抱いたまま報告を促した。

「襲撃してきたのは、賊のような出《い》で立ちの男達でした。首領と思わしき者は生きて捕らえ、あとは全員……」

そこで部下の言葉が途切れる。これはベアトリスがいることを考慮して直接的な表現を控えたためらしい。ベアトリスはそのあとに続く言葉を想像し、無意識にラウノの服を掴んでいた。

ラウノはそれを振り払うようなことはせず、部下に応じる。

「それでいい。こちらの被害は？」

「軽傷が二名です。手当てが終わり次第、出発できます」

「休息を取ってから出発するように」

こちらが軽傷で済んだからといって、喜ぶことはできない。血は確かに流れたのだ。外の光景は恐ろしくて確認することなどできないが、これからこんな日常が待っているのだろうか。

「ラウノ……ごめんなさい。私、自分がこれほど弱い人間だったなんて知らなかった」

助かったことへの安堵《あんど》の気持ちも確かにあるし、ここで誰かの命が失われた原因を考えると、後ろめたさのようなものが生まれてきてしまう。

感情的になってはいけないとわかっているのに、心にやり場のないつっかえができて、ベアトリスは涙が出そうになった。

「いや、君は普通だ。私や私の部下達が異常なだけだから気にする必要はない」

「私……今までどれだけ平和に暮らせていたのかわかりました。……全部あなたのおかげです」

ラウノと出会ってから十年。こんなふうに恐怖で怯えたことなどなかった。ずっと彼が安全な場所を提供してくれていたから。

「かいかぶるな。今、君が震えているのは、巻き込んでこんな場所に連れてきた私のせいだろう」

「そうとも限りません……」

ベアトリスは力なく、小さな声で呟いた。

捨てたはずの故郷の現状を、ベアトリスは自分からは熱心に知ろうとしなかった。自分の安穏だけを求めてしまった。でもいい加減向き合わなくてはいけない。

手当てと休息の時間が終わり、馬車は再び動きはじめる。

旅が再開してからラウノは、ベアトリスが座っていた側に移動し横に並ぶように腰掛けてきた。

騒動があったあとなので楽しい会話などできず、無言になる。

でも、ラウノがずっと手を握っていてくれたので、ベアトリスはゆっくりと穏やかな気持ちを取り戻していった。

◇◆◇◆◇

それから数時間後、日が沈む前に一行は宿に到着することができた。もともとスヴァリナは港湾都市とその周辺の限られた地域を領土とする公国だ。

州都はもうすぐそこで、これが最後の宿となる。

それまでと同じように部屋に食事を用意してもらって食べはじめたが、食欲はあまり湧かない。それでも注意されない程度には口に運んで、軽く身体を綺麗にしたあと寝台に入る。

身体はとても疲れている自覚がベアトリスにはあった。でも眠くなるどころか次第に目が冴えてきてしまう。窓の外では、夜の鳥がよく鳴いている。いつもは気にならないはずの鳴き声がやけに気になってしまう。

どうにか瞼を閉じて、ゆっくりと眠りの呼吸をしてみるが自然と眠くなるような効果はなさそうだ。

ベアトリスが何度かの寝返りを打ったあと、それまで背を向けるようにして隣で横になっていたラウノが、くるりと向きを変えてきた。

「眠れないのだろう」

ベアトリスは素直に頷き、彼の寝衣を指先で引っ張る。

「……もう少し、近くに行ってもいいですか」

「好きにしろ」

許可が得られたのでもぞもぞと移動し、ラウノの胸のあたりに自分の額がつくまで接近する。

ラウノはベアトリスのことを妻役だと言っていたが、彼の中で本物の妻と、お飾りの妻の違いはあるのかよくわからない。

事実として、二人は初夜に夫婦の契りを結んでいる。

おそらく周囲の者達に対しても「仲睦まじい夫婦」を装うためにしたのだろうが、教えられた情熱的な行為を忘れることはできない。

こういう日は、ぬくもりが恋しい。

「さっきみたいに背中をさすってください」

自分達が今、夫婦であることは紛れもない事実だ。だからベアトリスはこの場では夫に甘えることにした。

「子どもでもあるまいし」

顔を上げてじっとねだるように見つめると、ラウノは嘆息しながらベアトリスの背中をさすり出す。

「おやすみのキスをください。眠くなるまで」

「要求が多い」

不平そうな口ぶりだが、すぐにベアトリスの願いを叶え、ちゅっと額にキスをくれた。

でも、これでは足りない。

ベアトリスは自分から顔を近付けて、彼の唇を奪った。身体を重ねる前の濃厚な口付けをして、素直な欲望を伝える。

ベアトリスの欲望は、今のキスで火がついて燃え上がっていた。

今夜はラウノのことしか考えられなくなるくらい、激しく抱いて欲しい。恐怖を忘れるくらい、夢中にさせて欲しいのだ。

ラウノの唇に懸命に舌を差し入れながら、足を動かす。膝を使って彼の両足の隙間に入り込む。ぎゅっと密着させると、熱くて硬い物体がベアトリスの腿《もも》に接触した。

(よかった……)

ラウノもまた、身体の準備は整っているようだ。自分達は同じ気持ちだと確信し、煽るように太ももで彼の欲望を擦って刺激していく。

「クソ……どこでこういう手管を覚えた?」

「……ただ、甘えたいだけです」

はしたないことをしている自覚はあるが、相手が本心から嫌がっていないことはよくわかる。

現にラウノは、ベアトリスを抱きしめて、離すまいとしている。その手つき……小さな動きから、情欲が漏れ出している。

男と女、そして夫と妻である自分達が求め合うのは、悪いことではないはずだ。

ラウノの陰茎は緩い寝衣の中ですっかり上を向いていて、彼の下腹部とベアトリスの腿に挟まれた状態だ。時折気持ちよさそうにくぐもった声を出している。

それでもラウノはなぜか、はっきりと応じてはくれない。何の抵抗なのだろう。ベアトリスは相手の欲望をさらに引き出そうと、寝衣の隙間から、彼の昂った存在めがけて手を伸ばそうとした。

「……っ！　待て、壁の厚さに疑問がある。……もし声を聞かれたらどうする」

ベアトリスの行動に気付いたラウノが、身体を押しつけ隙間を埋め、それを阻みながら言った。

「隙ありと見て、刺客が襲ってくるのでしょうか？」

「いいや……警備は万全だ。その可能性はほぼないが、もっと身近に深刻な問題が存在する」

「どんな？」

「護衛達が、君の声を聞いて欲情するかもしれない。士気に関わる」

深刻も何もないが、ラウノはいたって真剣らしい。

ヘレンがいてくれたら、「奥様のかわいい声を聞かせたくないって、素直に口にすればいいんですよ」と大げさに言ってくれたかもしれないが、もちろん彼女は今、別の部屋にいる。

「だったら、あなたが私の口を塞いでおいてください」

「いや、その枕に顔をうずめていろ」

言葉は冷たいが、ベアトリスのことを寝台で雑に扱うことはないはず。その気になってくれたのならと、ベアトリスは彼に言われた通りに枕を抱えるようにうつ伏せになった。

するとラウノは、尻だけを持ち上げさせて恥ずかしい体勢を取らせてきた。

ゆっくりと寝衣の裾がたくし上げられる。ドロワーズも下ろされ秘部が夜の空気に晒された。

そうしてラウノは、ベアトリスの豊かな尻の形を確認しながらゆっくりと手でさすったあと、秘所を暴くように割れ目を広げてくる。

ふうっ、と吐息が優しくかかった。

「や……まっ」

待ってと言い切る前に、艶《なま》めかしい感触が伝わってくる。

「静かに。こちらを向くな」

ラウノが発した声で、秘部が震える。今、彼はベアトリスのそこを舐めたのだ。

信じられない。背徳心さえ感じるような、淫らな行為だ。

こんなことさせてはいけない。

ベアトリスは急に逃げ腰になり、ラウノから離れようとした。しかし腰をしっかりと押さえられて、そうはさせてくれない。直後、またにゅるっとした感触が襲ってくる。

「はぁ……ああっ……こんな……の」

ぎゅっと枕を抱え声を抑えるが、完全に黙ることはできなかった。

柔らかくてあたたかいラウノの舌が、ベアトリスの秘裂を這っている。たちまちその場所は濡れてしまう。

ラウノが蜜口に舌を侵入させれば、ベアトリスはきゅんと奥を疼かせる。刺激の波が襲ってくると、膣壁が収縮し、垂れるほどの雫が溢れてしまったのがわかった。

じゅるっと、ラウノが淫猥《いんわい》な音を立てながらそれをすすった。

「だめ……」

「だめなものか。しかし熱いな……」

呟いた直後、ラウノが服を脱ぎはじめたとわかったのは、衣擦《きぬず》れの音がしたからだ。そうして今度はベアトリスの身体を覆うような体勢を取ってくる。

「そのままでいろ」

うなじに……首の後ろに……、口付けが落とされる。ナイトドレスの肩紐は外され衣服がはだけると、ラウノはベアトリスの背中に舌を這わせはじめた。

「あっ、背中は……」

身体の芯は、すべて繋がっているのだろうか。背骨に沿うように舌先で愛撫されると、快感による痺れが出口を求めて広がっていく。

胸の先に響いて思わず寝台に擦りつけると、反響を繰り返し増幅してしまい、甘い責め苦となる。

やりすごそうと腰をくねらせれば、ラウノに見つかってしまい、今度は指で秘所をいじられてしまう。十分に潤んだそこは、簡単に指二本を受け入れることができた。最初の夜とは違い、苦しさはない。

背中と膣壁、同時に刺激されると、もう自分でもこの波をせき止めることができなくなっていた。制御できない震えが身体の奥から湧き起こり、ラウノの指をぎゅうぎゅうと締め付けている。

「達していい」

「っふ……、私……………！」

ベアトリスは淫水を零しながら絶頂に達してしまう。ラウノの指を咥《くわ》え込んだまま、息を乱し弛緩《しかん》する。それでもなるべく、声だけ抑えた。

「キスしてください……」

ベアトリスは声を我慢できたご褒美に、キスをねだった。

「だめだ、こちらを見るんじゃない」

大抵の願いは聞き届けてくれるはずのラウノが、なぜかそれだけは頑《かたく》なに拒んでくる。そうしてそのままの体勢で、余韻が収まりきっていないベアトリスの陰部から指を抜くと、今度は自らの欲望を宛《あ》てがってきた。

このラウノの昂りが入ってきたら、きっと満たされる。ベアトリスは今か今かと待ちわびていたが、ラウノはなかなか繋がろうとはしてくれない。

代わりに達したばかりのしとどに濡れたベアトリスの秘所に、自分のものを擦りつけはじめた。

「な……に？」

「あまり激しくはできない」

だからなのだろうかラウノは挿入せず、何度も互いの大事な部分を擦り合わせてくる。今、求めているのはもっと激しい情交なのに。

でも彼の先端がベアトリスの前についている小さな突起に届くと、ふわっと浮くような快感が発生し、与えられるものを甘受するようになる。

「つ……ふぁ……あ、いい」

ヌチュっとした嫌らしい音が、往復のたびに響く。

ラウノの熱をしっかりと感じ取れるよう足を固く閉じていると、挿入してもいないのに初夜で覚えたばかりの奥からの疼きが発生してくる。ベアトリスの蜜口は、欲しがって蠢《うごめ》いている。

花芽を擦られるたびに痺れるような快楽が襲ってきて、呼吸が乱れ、頭が真っ白になっていく。

あと少し、もう少しできっとまた絶頂に上り詰めてしまうだろう。でも――。

「挿れて……」

思わず、自分から口にしてしまった。

初夜は義務的なものだったとして、そのあとは旅を控えているからか、ラウノはキスはしてくれても今日まで一度もベアトリスの身体を求めてこなかった。

求められていないことで、望まれていないような気持ちになってしまう。

ベアトリスが自分から懇願すると、ラウノはぴたりと腰の動きを止めた。そして、その直後、うめくような声と共に熱杭が一気に押し込まれた。

「ひっ、……ああっ」

ベアトリスの膣壁は挿れられただけで喜び、また軽く達してしまうが、心は追いつかない。

欲しかったはずなのに、強すぎる快楽は混乱をもたらした。

「だめ、ラウノ……ぎゅってして欲しいです。顔を見せて」

不安になり、ベアトリスは後ろを振り向こうとする。しかしラウノはベアトリスの首筋に噛みつくようなキスをして、振り向くことを許してくれない。

ラウノは今どんな顔でベアトリスを抱いているのか。

呼吸は荒々しく興奮しているように思える。それに、時々堪えるようなうめき声を出しているのも、きっと繋がっていることで得られる快感からくるものに違いない。なのに、絶対に顔を見せてくれない。

どうしてなのだろう？　ベアトリスは快楽のせいで回らない頭で必死に考える。

（もしかしたら私の顔を、見たくないの……？）

性欲はあるけれど、本音では閨《ねや》を共にする相手は、ベアトリスではないほうがいいのだろうか。彼はベアトリスの保護者のつもりでいたようだから、顔を見ると萎えてしまうのかもしれない。罪悪感を覚えるのかもしれない。

それとも、今まで自覚はなかったが自分はとても醜い顔をしているのだろうか。

「ベアトリス」

余計なことを考えるなとでも言うように、ラウノがベアトリスの中により深く楔《くさび》を打ち込んできた。

ラウノが腰を動かすたびに、ベアトリスの尻が揺れる。木製の寝台は、ぎしぎしと軋《きし》み音を上げていた。

「ひっ……あっ、だめ……声が」

「頼むから、声は抑えてくれ」

でも、もう動きは止まらない――。そんなラウノの感情が伝わるかのように、激しく打ち付けられ、奥深くを穿たれる。

「うっ……んんっ」

彼がやめてしまわないよう、ベアトリスは枕に顔をうずめて声を抑えた。

甘い囁きも、愛おしそうに見つめる視線もくれないから、この激しさだけが確かなものとなっている。ラウノが今、自分との行為に夢中になっている証拠だ。

ベアトリスの中で、ラウノの肉欲が質量を増した。一度大きく引き抜かれ、また一気に押し込められる。そうしてこれ以上はないほど奥まで到達したラウノの先端は、その場所にぐっと押し留まった。

直後、陰茎がベアトリスの中でびくびくと震えた。

「ん、んっ――！」

ベアトリスもどうにか二度目の絶頂をやりすごす。奥でラウノが放った熱い精を受け止めると、ベアトリスは歓喜に打ち震える。

でも、声を出すなというのは無理がある要求だった。冷静になると不満が表に出てきてしまいそうになる。しかし不満が噴出する前に、ラウノが後ろから抱きしめてくれたので、それだけでごまかされてしまった。

◇◆◇◆◇

一夜明けた朝。朝食をとったあと、ラウノは部下達と今日の日程の確認をするために部屋を出て行った。

代わりにヘレンが部屋の中に入ってきて、ベアトリスの身支度を手伝ってくれる。

旅のあいだ軽装を続けていたベアトリスだが、今日の午後には州都に入ることになる。だから服装や髪型をしっかり整えてもらう必要があったのだ。

コルセットを締めてもらい清楚《せいそ》なドレスに着替えたあと、髪を整えるために鏡に向かう。

ベアトリスの髪は、上流階級の女性に比べたら短めだ。

ヘレンはそうとはわからないよう編み込んで綺麗にまとめて、いつものリボンを飾りに使ってくれた。

化粧もし終えた頃、鏡に映る自分の姿を見たベアトリスは、小さくため息を吐いた。

「あらあら、ため息なんて」

「ヘレンさん……私ってかなりの不細工でしょうか？」

「どうしたんです？　急に突拍子もないことを」

「なんとなく……」

「どうせ、ご主人様の悪いお口が原因なのでしょう」

「口というか、行動というか……私の顔、直視できないくらい醜くて気に入らないのかなと思って……二人でいると特にその傾向が強いから、気になってしまうんです」

さすがに閨でのことだとはっきり口にはできなかったが、どうしてもラウノ以外からの意見が聞きたかった。

ベアトリスが気にしているのは初夜の時と昨日の晩に共通している、ラウノの謎の行動についてだ。

暗いところがよほど好きなのだろうと解釈していたが、昨晩の様子からすると、問題は視線にあるようだった。

見たくないのか、見られたくないのかははっきりしないが、可能性のひとつとして自分の容姿が原因ではないかと考えはじめてしまった。

思えばベアトリスは、極端に人との関わりが少ない人生を送っていた。そのため、客観的に自分の容姿がどうであるか、気にしたことがなかったのだ。

「ご主人様は昔から、奥様のことをよく目で追ってますよ。見とれていらっしゃる。それでいて、目が合うと逸らす癖がありますね。夫がよく言っているように照れているだけだと思います」

「それは、コンラードさんとヘレンさんの勘違いだと思います」

睨まれたこと、そして目を逸らされたことは数え切れない。でも、ラウノがベアトリスに見とれていたような素振りは今まで一度もなかった。

ただ人間として嫌われているわけではないことは、なんとなくわかっている。

「対象外……なのかしら？」

ベアトリスは、半分ひとり言で呟いた。

そういえば、ラウノの女性の好みがまったくわからない。彼はよくベアトリスを子ども扱いするから、もっと年上の成熟した女性でないと女として見ることができないのかもしれない。

「自信を持ってくださいな。こうやって着飾ったらどこかのお姫様と見まごうくらいお綺麗なんですから」

「でも、もっと大人の女性が好みということもあります」

「……私も夫も随分前から、ご主人様が結婚するとしたら、相手はあなただろうと認識しておりましたよ。まあ、求婚まではあと数年かかるかと思っていましたが、意外にも決断が早くてほっとしたものです」

「……え？　そうなのですか？」

何を根拠に、そう認識したのか。ベアトリスが問いかけようとした瞬間、部屋の扉がバンと大きな音を立てて開いた。

見るとラウノが戻ってきたようで、彼は大股でつかつかと二人に近付いてきた。

「ヘレン。随分前というのは、聞き捨てならない。訂正しろ」

ラウノは女性同士の会話が気に入らなかったらしい。眉間の皺を深くしている。

そこでベアトリスの姿を一瞥したラウノは、もう準備はできているとわかったのか「あとはいい」とヘレンを追い出してしまった。

そうして夫婦二人きりになってから、ラウノはベアトリスに遠慮なく不機嫌な顔を向けてくる。

「いいか？　くれぐれも勘違いするな」

「何についての勘違いでしょうか？　私と結婚した理由は以前説明していただいた通りだとわかっています」

もともとは王命によるもので、都合がよかったから選んだ。利用されているだろうこともわかっていたが、断るという考えは持っていなかった。

ベアトリスはラウノへの恋心に、一時は蓋をしたはずだが、それは結婚で吹き飛んでしまっている。でも、彼に同じだけの気持ちを返して欲しいとまでは思っていない。

「結婚の経緯についてではない。今のヘレンの話だ。まず私は、子ども時代の君に不埒な感情を抱いてはいなかった。だから随分前というのは大きな間違いだ。断じてそれはない」

「……？　はい」

でもそれでは、王命に関係なく結婚するつもりだったように思えてしまう。詳しく聞き出したいところだが、きっと彼は教えてはくれないだろう。

案の定、ラウノは咳払いひとつして次の話に進んだ。

「それと、もうひとつ。君の顔を見たくないのではなく、私が見られたくないだけだ」

「どうしてですか？　私はあなたの顔をずっと見ていたいのに」

「性交中の間抜け顔など、みっともなくて見せられたものではない」

「そういうものですか」

「そういうものだ。それと最後に……ベアトリス、君は不細工ではない」

どうやら直視できないほどの不細工ではないとわかり、ほっとしかけたベアトリスだが、なんだかいろいろ細かい部分が気になってくる。

「……ほぼ最初から立ち聞きしていましたね」

自分もうかつだったが、立ち聞きはよくない。聞かれてしまったことを恥ずかしく思い、顔を赤らめたベアトリスは、半ば八つ当たりでラウノを睨んだ。

「ここは私の部屋だ。聞かれては困る話をする奴が悪い」

ふんっとまだ機嫌が直らない様子で、ラウノはベアトリスに背を向け窓のほうに歩き出した。しかし、直後思わぬ言葉が耳元に届く。

「君は美しい」

「……今なんて？」

思わず聞き返したくなるほどとても小さい声だった。でも確かに彼は「美しい」と言ってくれた。

もう一度、背など向けずに目を見て言ってくれないだろうか。彼の背中に熱い視線をぶつけたベアトリスだが、ひねくれ者は手強《てごわ》い。

「さっさと荷物をまとめろ。出発だ」

何事もなかったように動き出すラウノに、ベアトリスは歩み寄った。

「ラウノ、タイが曲がってますよ。直して差し上げます」

本当はタイは曲がっていない。ただ彼に逃げられず、自然に近付く口実が欲しかっただけだ。結び直すふりをして、背の高い彼の耳に届くよう、つま先を上げ背伸びをして、そっと囁く。

「……私は、十二歳の頃からあなたのことが大好きですよ」

もちろん最初は、恋ではなかった。でもあの頃から変わらず慕っていることは確かだ。

せっかく愛の告白をしたというのに、疑り深い視線で見つめてくるラウノに対して、ベアトリスは気にせず口付けをした。朝に相応しく、純粋な気持ちが伝わるよう、頬に軽く触れるだけの口付けだ。

ベアトリスが微笑みかけても、ラウノは無視をして旅行の荷物を外に運び出しはじめる。

(荷物運びなんて、いつもは誰かにさせているのに……)

コンラードの言う通り、まさか本当に照れ隠しなのだろうか。確信は持てないが、それでべアトリスの気持ちが変わることはこの先もないだろう。

荷物を抱えて出て行った夫の背中を見ながら、ベアトリスは思う。

最初はただ、強い人の庇護《ひご》を必要としていただけだった。

でも、不平を言いながらもベアトリスを見捨てなかったことで、彼に信頼を寄せるようになった。

カルタジアに来てから病にかかり死にかけた時、不器用ながら心配してくれていることが伝わって嬉しかった。

ラウノがベアトリスにとって特別な存在となるまでには時間はかからなかった。

年齢も違うし、身分も違う。結ばれることを望むほど、夢見がちなベアトリスではなかったが、少女と言える頃からこの気持ちを抱えて生きてきたことに偽りはない。

そして、これからも。

十年ぶりの故郷到着を前にして、一番大切なことを再確認した朝となった。

6　閉じ込めておきたくなるから自重してくれ

一行はいよいよ総督府となっている旧スヴァリナ城に入った。

城下から総督府までの沿道には厳しい警備が敷かれていたものの、新しい総督を笑顔で迎える市民の姿もあった。

「思ったより、落ち着いているようですね」

州都の中心部――総督府までの町並みを見て、ベアトリスは安堵の言葉を口にした。

ここ最近、反カルタジア勢力が拡大していると聞いていたから、町自体が荒廃しているのではないかという懸念を持っていた。

でも窓から見る限りでは、商店は開いていて人々がごく普通に生活を営んでいるように見える。

「それに、海の香りがします……」

ベアトリスの嗅覚は、スヴァリナの海の香りを覚えていた。とても懐かしい。

この香りのおかげで久しぶりに悪夢ではない、幸せだった幼少期の出来事を思い出せそうだ。

総督府の建物は、昔と大きくは変わっていなかった。

旧スヴァリナ城は乱世の時代に建築されたものなので、もともと統治者が優雅に住まうような構造をしていない。

堀と城壁を越えた先に居館があり、他の宮殿とは違い噴水や大庭園はなく、小さな中庭があるくらいの無骨な城だ。その雰囲気は、この建物の新しい主人となるラウノに合っているかもしれない。

建物に到着すると、主にカルタジアから派遣されている総督府の人達と、関わっているスヴァリナ人の代表者が並んで出迎えてくれた。

本来なら退任する前総督から引き継ぎがあるべきなのだが、前総督はストレスからくる体調不良によりカルタジアに戻っており、代わりに臨時で総督代理を務めていた男性が最初に挨拶をしてきた。

彼はこのままスヴァリナに残り、副総督としてラウノを支えてくれるのだという。

簡素に行われた着任式を見守っていたベアトリスだが、ふと出迎えで並んでいた人達のうちの一人と目が合った。三十歳くらいの文官らしき服を着た男性だ。

(なんだろう――？)

うっすらと既視感を持った。でも記憶を探っても、思い出せない。

ベアトリスがこの地で生きていた頃は、ごく限られた人としか接することがなかった。だから昔の知り合いに遭遇する可能性は限りなく低い。

今後関わりを持ちそうな人の名をできる限り覚えてきたが、過去の知り合いは一人もいなかった。

男性は、もうこちらを見ていない。抱いた既視感は自分の勘違いであったと、ベアトリスは結論づけた。

着任式が終わり、総督夫妻用の私的な部屋に案内される。

ラウノの書斎付きの私室、居室、ベアトリスの私室、夫婦の寝室と、全部で四つの部屋に区切られている。近くにはカルタジアから一緒についてきてくれた使用人の部屋もある。

ルバスティ家より手狭ではあるものの、長らく使用人として働いていたベアトリスにとっては十分に贅沢な部屋だった。

「疲れただろう。荷物は明日でいいから、君は早く休むように」

ラウノはとりあえずと、ベアトリスを居室のソファーに座らせたが、自分は休もうとしない。

「ラウノはこのあとどうするんですか？」

「私は少し仕事がある。すまないが、今夜の食事は別になるだろう」

「わかりました。いってらっしゃいませ」

ベアトリスは心細い気持ちなど顔に出さず、笑顔で送り出そうとした。

ラウノがそれに頷き一度身を翻したが、三歩ほど進んだところで振り返った。

「……部屋はここで問題なさそうか？」

「……？　ええ」

どうしてそんなことを聞いてきたのか、ベアトリスはわからず首を傾げる。住居について、それほどこだわりは持っていない。ラウノも承知しているはずだった。

「家具も、飾りも、……部屋の場所も、気に入らなかったら必ず要望を出すように。とにかく自分が快適に過ごすことを優先しろ。……悪夢にうなされることがないように。いいな？」

どうやらラウノは、故郷に戻ってきたベアトリスの精神面を心配してくれているらしい。

確かに旅の途中、襲撃にあった時は昔を思い出して怖くなった。

住まいを移したことにより、ベアトリスが辛い過去の記憶に呑まれてしまうことを、彼は危惧してくれたのだ。

「はい、そうします。でもあなたが隣にいてくれたら、きっと悪夢は見ないでしょう」

暗に独り寝は寂しいことを告げると、ラウノは返事をせずに今度こそ部屋から出て行ってしまった。

それからベアトリスは、ラウノに言われた通り荷物の整理を後回しにして、休息の時間を取った。

菓子を食べお茶を飲んだあとは足を休めるために湯の支度をしてもらい、それからヘレン達と一緒に食事をとった。

ラウノは総督府の面々と、テーブルを囲みながら話し合いをしているらしい。彼がいつ戻ってくるかはわからないが、その時までに寝台で休んでいないと「早く休むようにと言っただろう」と怒るに違いない。

そう考えて、ベアトリスはラウノの帰りを待たずに就寝することにした。

思ったより気を張り詰めさせていたのだろう。横になるとすぐに瞼が重くなり、ベアトリスは眠りに落ちていく。

途中、夢見の悪さと寝苦しさを感じたが、自分の名前を呼ぶ優しいラウノの声が届いて、それからは夢も見ずぐっすりと眠ることができた。

翌日、ベアトリスは総督府の建物の中を見て回ることになった。

ラウノは別の用事があるとのことで、付き添いの侍女に加えて、建物に詳しい案内役をつけてもらう。

「総督夫人、はじめまして。文化財管理を任されております、サウル・オーベンソンと申します。どうぞお見知り置きを」

案内役としてやってきたのは、偶然にも前日の着任式の時に目が合った男性だった。しかも彼は総督府の中ではまだ数の少ない、スヴァリナ出身者なのだという。

（知り合い……ではないわよね？）

癖のある黒髪に垂れ目がちな瞳、ひょろっとした体型もやはり記憶にない。

案内の途中、接点を探りさりげなく年齢と出身地を尋ねると、二十八歳で過去の自分とは縁のない場所の生まれだった。

オーベンソンは、ベアトリスにも好意的な態度を取ってくる。

「失礼ながら、新しくやってくる総督夫人がスヴァリナ出身とお聞きし、勝手に仲間意識を持ってしまっています」

彼はベアトリスより六歳年上になるようだが、物腰が低く優しそうな笑みを終始浮かべていた。

「それは私も同じです。私は総督の妻となり、夫を支えていく覚悟でやってきましたが、スヴァリナで暮らす人々と敵対したいわけではありません。ですから同じスヴァリナ出身者でもこうして総督府に関わってくださる人がいると知り、とても心強いです」

「ええ、本当にあなたが来てくださってよかった。もしこの先困ったことがあったら、いつでも相談してください。少しでもお力になりたいと思います」

彼は同郷の者として、ベアトリスを気にかけてくれる。着任式の時にこちらに視線を向けていたのも、そんな気持ちからなのだと理解した。

一瞬、あの本や出版社について、この人にお願いすれば何かわかるかもしれないと思った。

しかしラウノにも言えないのに、初対面の人に打ち明けるわけにはいかない。慎重に行動しなくてはならないと諦めた。

それからベアトリスは、二時間ほど時間をかけて総督府の中を歩き回った。そこが何の部屋なのか確認しただけのところもあるが、そこで仕事をする人達に挨拶をすることもあった。

接する人達は概《おおむ》ね好意的だった。これはベアトリスではなく、案内役のオーベンソンが信頼されている人物だからなのだろう。

彼のおかげでベアトリスの、総督夫人としての最初の一日はとても順調だった。

建物の中を一回りし、自分の部屋に戻ろうという頃になり、ベアトリスは少し前を歩いていたオーベンソンの歩行に、ふと違和感を持つ。

「オーベンソンさん……お怪我をされているのですか？」

最初は気にしていなかったが、オーベンソンは左足を引きずるようにして歩いていたのだ。

問いかけに振り返ったオーベンソンは、ベアトリスの視線が左足にあることに気付き、「ああ」と、なぜそんなことを尋ねたのか理解した様子で教えてくれた。

「昔事故で大きな怪我をしまして。その後遺症です。ご心配おかけしないよう、最初は意識して引きずらないようにしていたのですが、途中からすっかり気を抜いてしまっていました」

「事故ですか。……それは大変な思いをされましたね」

「命が助かっただけましでした。この通り日常生活には問題なく元気にやっていますし。その時の事故で妹は助からなかったので。……生きていればあなたと同じくらいの年齢で、今頃結婚して幸せになっていたでしょう」

「それは……とてもお気の毒です」

悲しい顔で語ったオーベンソンを前に、ベアトリスも同じような悲しみに襲われた。

自分も過去に大切な人を亡くしているから。両親に弟、友人……もう皆この世の人ではない。

「あなたにも、そういう辛い過去があるのでしょうか？」

オーベンソンに指摘され、ベアトリスはどきりとする。彼の目には、自分の心の内側まで見透かされているようだ。

「えっと……」

「いえ、愚問でした。十年前の混乱の中、カルタジアに逃れた女性だというお話は、閣下の着任前に聞き及んでいましたから」

それっきり、お互いの過去に触れるのはやめておいた。オーベンソンは再び歩き出し、ベアトリスと付き添いの侍女もそれに続く。

すぐにベアトリスの私室に到着して、オーベンソンと挨拶をして予定を終了させた。

部屋で一人になり、寝台に横になったベアトリスは枕に顔をうずめる。

オーベンソンの話を聞いて、失った大切な人達との思い出が脳裏をよぎっていく。

「アンセルム……」

誰もいない部屋。消え入りそうな小さな声で口にしたのは、弟の名前だ。

カルタジアの本屋でもらったあの本に、弟が関わっているのか確かめたい。確実なのは、ラウノにすべてを打ち明け協力してもらうことだ。しかし、それがこの地の新たな火だねになってしまうことが怖くて、ベアトリスは勇気が持てないままでいる。


翌日から、ベアトリスは総督夫人としての役目を果たすべく奮闘した。

まずは半月後に晩餐会《ばんさん》が予定されている。

晩餐会は親睦を目的としたもので、スヴァリナ公国時代からの有力者が多く招待されている。

おそらく招待に応じてくるのは、カルタジアに対して歩み寄る気持ちを持っている家の者だろう。せめてその人達とくらいは仲良くしなければならない。

これこそ初心に返り、総督夫妻の仲のよさを見せつけることに意義がありそうだ。

準備がはじまった初日、ベアトリスはラウノと共にまず衣装の注文をすることになった。

急いで作ってもらわなければならないので、さっそく州都の仕立屋が総督府に呼ばれた。

その仕立屋の女主人が言う。

「カルタジアとスヴァリナの融和を意識したいですね。カルタジアのドレスを基本にして、スヴァリナの刺繍生地を部分使いするのはいかがでしょう？」

　女店主はわかりやすく、デザイン画を並べて見せてくれた。

　これは外交でもよく使われる手法だが、土地の文化を取り入れた衣装を身に纏うことにより、文化への理解と尊重の意を伝えるものだ。

「どう思う？　ベアトリス」

「私が意見してもいいのですか？」

「ああ。むしろ君の意見を聞きたい」

「中途半端に取り入れるのは危険だと思います。スヴァリナの民族衣装は、カルタジアと作りが大きく違います」

　カルタジアは、大陸全体の流行にのっとって作法化された服装を着用することが基本となっている。スカート部分は生地をふんだんに使い、レースや宝石をあしらうのが豪華だと認識される。

　一方スヴァリナのドレスの形はシンプルで、代わりに古くから伝わる伝統的な模様の刺繍を、どれだけ精妙に入れられるかで価値が変わる。

「ほとんどの人は素直に受け取ってくださるかもしれませんが、中にはこんな使い方は好きではないと思う方もいらっしゃるでしょう」

　出会う人間のすべてが自分達に好意的ではないことは明白だ。そういう場合、揚げ足を取られてしまう可能性がある。

「なるほどな。では余計な策略はせずに、カルタジア風のドレスにするか」

「もしくは、スヴァリナの衣装を完璧に着るという選択もあります。……私なら、それが許されるのではないでしょうか？」

ベアトリスが恐る恐るラウノの反応をうかがうと、彼より先に仕立屋の女店主の顔が変わった。

「素晴らしいお考えです。それならば店に飾る予定でした制作中のドレスを調整して、夫人に提供できますわ」

女店主は、両手を合わせて喜んでいる。それが答えだった。

彼女は商売人として、仕事として、それぞれの文化を取り入れたドレスを提案してきたが、純粋なスヴァリナ人としての考えは別にあるのだ。

そしてスヴァリナ生まれのベアトリスなら、伝統的な衣装を身に纏っても、見え透いた取り入りだとは思われない。

衣装については、ラウノは気にせずカルタジア風の正装をすることにし、二人が並ぶことで融和を印象づけようという考えにまとまった。

料理や装飾も、カルタジアのよさを伝えるものにしつつ、スヴァリナ人が好まない食材や味付けを回避することにした。

総督としてスヴァリナに赴任してから、ラウノは総督夫人として控えめにも的確に意見を述べるベアトリスに、日々感心させられている。

気付けばつい彼女に見とれているのだが、我に返り冷静になると不安もよぎる。

（よくも、今までただの使用人でいられたものだ……）

ベアトリスは庶民の出ではない。その素性に気付いた時から理解していたつもりだったが、目の当たりにするとなんとも言えない気持ちになる。

ようやく陽の当たる場所に連れ出せたと喜ぶ反面、できるならただの使用人のままでいさせたかったという身勝手な感情もラウノの中に存在する。

総督府で働く者達からも評判で、ラウノは「当然だ」と鼻高々に思いつつ、それを手放しで歓迎してやることができない。

ベアトリスが奮闘しつつ念入りに準備してきた晩餐会当日も、そうなってしまった。

「ラウノ、どうですか？　おかしくないですか？」

ベアトリスは予定通り、スヴァリナの衣装を身に纏っていた。生成《きな》りの生地に、鮮やかで緻密な刺繍が施されたドレスだ。仕立屋によると、店に飾る予定だった自信作であるそうだが、

◇◆◇◆◇

きっと彼女以上にこのドレスを着こなせる者は大陸中探してもいないだろう。

とても綺麗だ。似合っている。素直にそう伝えればいいものを、曲がった根性のせいで口が上手く回らない。

「おかしくはない……」

ラウノの返事は、相手を褒めたことになっていない程度のものだ。なのにベアトリスはたったそれだけで照れた顔を見せる。ラウノはそんな素直すぎる妻に、いつも罪悪感を覚えてしまう。

(ああ……謝らなければならないことがありすぎる)

ベアトリスに、伝えておかなければならないことがある。しかし未だに言えずにいた。

自身が抱く罪悪感を隠しながら、ベアトリスを連れて晩餐会の会場に向かった。

総督府の人員のほとんどがカルタジア人だが、実際にこの土地に暮らす人間は生粋《きっすい》のスヴァリナ人ばかりだ。

今日の招待客は、そのスヴァリナ人の中でも総督府に友好的な態度を示す有力者が多くを占めているが、腹の内は異なることは百も承知だ。

カルタジアとスヴァリナの戦争が終結し併合され十年、ラウノは四代総督になる。

歴代の総督のうち初代と二代は軍の地方司令官が兼任し、前の代で文民統制へ移行するため文官を起用しはじめた。

しかし前総督は地元の有力者から次々と湧いて出る要求に耐えきれず、わずか一年で退任に追いやられてしまった。

今回ラウノは王の政策の都合で軍を退いた形にしたが、軍への直接の影響力をスヴァリナ人が勝手に警戒するのは、願ってもないことだ。

スヴァリナの有力者達は、今のところ完全なる独立を求めているわけではない。

周辺は戦乱の時代から脱却してはいるが、勢力が変われば新たな戦いがはじまってしまう。もともと小国に過ぎなかったスヴァリナは、カルタジアから離れるとすぐに別の勢力に呑み込まれてしまうだろう。

だからカルタジアから武力だけ借り、内政は自由にしたい。それがスヴァリナ人の身勝手な本音だった。

そんな中で、新しい総督の妻が生粋のスヴァリナ人であるという事実は、彼らにとって留意すべき事柄になるだろう。

ラウノがベアトリスをエスコートし晩餐の席につくと、招待客の視線の多くがベアトリスに集まっていた。

きっとスヴァリナ風のドレスにも気付いているだろうが、彼女の着こなしは完璧でケチのつけようがなかった。お辞儀も食事作法も完璧だ。

幾人かの男性が、ベアトリスに熱心な視線を送っているのに気付き、ラウノはじろりと睨んでやった。

「総督夫妻は、本当に仲がよろしいんですね。素晴らしいことです」

睨まれた男は、ラウノの機嫌を取るように夫婦仲を褒めた。

今までなら、人を睨もうものならただ「怖い」と評判を落として終わりだったが、ベアトリスが隣にいれば違った印象になるようだ。

男が今話した言葉は、カルタジア語だった。十年前と違い、今は流暢にカルタジア語を話せる者も増えている。

ここはラウノのふんばりどころだ。自分がスヴァリナ出身の妻を大切にしている愛妻家だと、周囲に知らしめることができる重要な場面だった。

今は羞恥心を捨て、少しだけ大げさにベアトリスへの想いを口にするしかない。

「妻に色目を使う男は、……無事ではいられないだろう」

その言葉は確かに届いたようで、性別が男であるものは全員黙った。ラウノはこの結果に満足げに頷いた。

それから一人一人を観察していく。ラウノに対する嫌悪感や怯えを隠せていない者が見受けられたが、それは当然の反応だ。そんな中で気になったのが、ちょうど向かいにいる一人の男、ブラート家の当主だ。

ブラート家は現在一番力のある家で、五十前後と思わしき当主はスヴァリナ人の代表のような存在だという。もともとは商人で、混乱期に逞しく生き残った家だ。隣には若い夫人もいる。

食事の提供がはじまると、ラウノに気圧《けお》され無口になり黙々と食べ物を口に運ぶ男達の代わりに、女の会話が多くなっていく。

話題の中心はベアトリスであり、彼女は数々の質問を投げかけられた。

特にブラート家の若い夫人デシレアは、熱心にベアトリスに話しかけていた。

「ルバスティ夫人は、スヴァリナ出身とお聞きしています。どうして総督閣下とご結婚を？」

「十年前の混乱期に、夫に命を助けていただきました。それ以来ずっとお慕いしております」

はにかんだ笑みで答えるベアトリスがあまりにかわいらしく、ラウノは落ち着かない気分になった。

こうやってラウノへの気持ちを周囲に隠さないのは、ベアトリスも作戦に協力的だからだが、自意識過剰ではなかったら偽りを述べているわけでもないはずだ。

夫人達は、そんなベアトリスに好意的な態度を取ってきた。しかし一人、年のいった女だけは眉を顰《ひそ》めて言う。

「では結婚前からずっと、総督閣下と特別な関係だったのですね……まあ」

まあ、の先に何の言葉が続くのか。ふしだらか、破廉恥か。年端もいかない娘とそういう関係だったのではないかと邪推しているのだ。

ラウノは女の目玉を標的にして、テーブルに置かれたフォークを投げてしまいたい衝動に駆られていた。

しかし今にも動きそうだった手を、ベアトリスがテーブルクロスの中でそっと掴んできた。自分に任せてくれとでも言うように。

そして手など繋いでいないように、一度もラウノを見ないまま堂々と女に向き合う。

年長者にわかりやすく嫌味を言われたわけだが、ベアトリスは明るい笑みで相手を見返していた。

「ずっと、私が一方的にお慕いしていたんです。でも、子どもでしたからまったく相手にされず、その頃は悲しい気持ちでおりました。十年も片思いだったのです。それに私は孤児で、何の後ろ盾もありません。釣り合わないと思っておりました。……ですから求婚していただいた時は、飛び上がって喜んだものです」

ラウノの贔屓目《ひいきめ》ではなく、彼女は完璧な対応をした。ベアトリスの言葉のひとつひとつはラウノの心にも浸透してくる。自分のような性格が破綻している男と、よくぞ結婚してくれたものだ。

その素直すぎる告白に、女は悔しそうな顔をして黙った。

場の空気が冷え込みそうだったが、察したブラート家のデシレアが、話題を変えるために違う質問をしてくる。

「そういえば、ルバスティ夫人はどの家のご出身なのですか？」

「国境沿いの小さな町に住んでおりましたが、両親は亡くなってしまったので、家は断絶しております」

混乱期に断絶した家門は多い。だからベアトリスの説明はそれほどおかしくもないし、詳細を聞きたがるのは品のある行為とは言えない。

これで終わるはずの話題だったが、別の女が加わり引き延ばしてくる。

「きっと私どもが聞いても、まったくわからない家のご出身なのでしょうね？」

女はベアトリスのことを「たいした家の人間ではない」と、見下しているのだ。何も知らない愚か者だとラウノは不快に思ったが、どうにか黙っていた。

大丈夫だと、ベアトリスがまた手を握り直してきたからだ。

「ええ、きっとそうでしょう。私の今の名前はベアトリス・ルバスティです。それだけを覚えていただければ嬉しく思います」

ベアトリスは嫌な顔ひとつ見せない。もしもここに中立の立場の人間がいたとしたら、品格の差をすぐに見極めることができただろう。

（愚かな者達だ……）

晩餐会は予想以上に退屈だった。しかし、前任の総督が体調を崩し消えた理由もわかってきた。表面上味方のふりをしながら攻撃してくる者が多いようだ。

もっとも、繊細さを持ち合わせていないラウノにとって、その攻撃は効かない。もちろんベアトリスにも。

ただ彼女が平気だからと言って、いつまでもこの状況を許すラウノでもなかった。

スヴァリナ側の魂胆はわかっている。いろいろな方法で揺さぶりをかけて、前任者のように退任に追い込むつもりなのだ。最終的に目指しているのは、スヴァリナ人総督を立たせることだから。

親しくなるふりをした交流など無意味。この晩餐会の成果はそれだけだ。特にベアトリスに近付けさせたくない相手もわかった。今夜、ここに来たスヴァリナ人ほぼ全員だ。

あとはどれだけ早く、この会をお開きにするか……。

ラウノは扉の近くに立っていた給仕係に、事前に取り決めていたサインを送る。無駄な歓談の時間などいらないという合図だ。

そこからはベアトリスが嫌な思いをしないよう、ラウノが会話を主導した。

招待客の中に商会を営む者がいたので、特産品や輸入すべきもの、そして港湾都市らしく港の話を続けた。

そうして食事が終わりほんの一息だけつくと、用意していた土産の品を運び込ませた。カルタジアで一番美味だと言われている酒だ。

せっかちで無作法だと思われても構わない。彼らのために使う時間が惜しい。

ラウノは晩餐会を終わらせるため挨拶し、席を立つ。見送りのために一人一人に土産を渡していった。

最後まで席に残っていたのは、ブラート夫妻だった。その彼らも退室のために動き出す。

そして挨拶を交わしたあと、聞き慣れない言葉が耳に届いてきた。

デシレアが、ベアトリスに向かってスヴァリナ語で話しかけはじめたのだ。

◇◆◇◆◇

大成功だったとまでは思ってはいないが、大きな問題も起こらず晩餐会が終わりに向かっている。ベアトリスはほっとしながら招待客の見送りをしていた。

ブラート夫妻はすぐには席を立とうとせず、デシレアは友人と思わしき別の夫人に手を振り、やりすごしている。

そうして他の招待客がいなくなったあと、ブラート夫妻はゆっくりと離席した。

最後の客人となった二人に、ラウノが声をかける。

「今日は有意義な時間を過ごせた。スヴァリナ州発展のためにはブラート家の協力は不可欠だ。よろしく頼む」

「総督閣下。スヴァリナ発展のために尽くしてくださる閣下と夫人に感謝申し上げる」

髭を蓄えたブラート家の当主は、食事中積極的に発言をしてこなかったが、人から恐れられがちなラウノに臆すことはない人らしい。年長者の威厳というものを感じる。

お互い腹の中にいろいろため込んでいそうだと、ベアトリスは思ってしまった。

男性同士の別れの挨拶が済み、今度は自分の番だ。ベアトリスはデシレアに向き合った。

「ブラート夫人、本日はありがとうございました。これから親しくしていただけたら嬉しいです」

これは社交辞令でほぼ全員に同じような言葉をかけたが、デシレアに対してはわりと素直な気持ちで口にしている。他の夫人に比べたら、彼女はベアトリスに底意地の悪い質問をしてこなかった。しかしそれは、ベアトリスの油断でもあった。

「ルバスティ夫人。もちろんです。……ベアトリス様とお呼びしてもよろしいでしょうか？」

「もちろんです。デシレア様」

デシレアは友好的な態度で、ベアトリスの手を握ってきた。そのままの勢いで、ぐっと距離を縮めてくる。そして――。

『ベアトリス様。今日のそのお召し物、本当にお似合いです。伝統的な衣装を選んでくださったことに感謝いたします』

内容は悪いものではないが、彼女が発した言葉はスヴァリナ語だ。

ラウノが警戒を強めたのがわかった。彼がきちんと聞き取れないであろう速さで、言葉が紡がれているからだ。

今夜の招待客は、カルタジア政府に反発していない姿勢を示すためか、カルタジアの言葉を使っていた。必要があれば通訳が対応できるように控えてはいたが、お開きになった今は、すぐ近くにはいない。

デシレアは微笑んでいる。これはただの同郷同士の親しみを込めた会話であって、ラウノが不審に思う必要はないことを表すように。

ベアトリスは彼女の意図がわからないからこそ、この流れに乗ることにした。彼女との接点を持つことで、何かラウノの役に立つかもしれないからだ。

『ありがとうございます。私は自分の生まれ故郷について、今日まで忘れたことはございません』

ベアトリスが彼女と同じようにスヴァリナ語で返すと、デシレアは応じてきたことを喜ぶように、目を細めた。

『その言葉、信じてよろしいですね？』

『はい、もちろんです。こうしてスヴァリナに戻ってくることができましたので、少しでもお役に立てたらと思っております』

『でも……失礼ながらベアトリス様は「大公家の悲劇」についてご存じないのではありません

か？』

デシレアに問われ、神経が過敏になっていく。軽々しく口にして欲しくないことを、彼女は持ち出した。でも、ここでは何も知らない総督夫人を装わねばならなかった。

『どうしてそうお考えになるのですか？』

『もしご存じだったら……いえ、この場ではやめておきましょう』

すぐ近くにいるラウノの咎める視線を感じたのだろう。デシレアはそこで話を止める。

ラウノはデシレアを冷たく睨みつけるが、彼女は気にした様子もなくさらっと躱していた。

「おいおいデシレア、総督夫人のお人柄に好意を持ったのはわかるが、あまり困らせてはいけないよ」

彼女の夫は、デシレアに軽く注意をしていた。

そうしてデシレアも悪びれずに、「だって、仲良くなりたいんですもの」と甘えた様子を見せる。

「それではベアトリス様。ぜひ、近いうちに当家にいらしてくださいませ。お茶会の招待状をお送りいたします」

「ええ……」

ブラート夫妻を最後に招待客全員が退出し、一度部屋の扉は閉められた。すると横から、大きすぎる歯ぎしりの音が聞こえてくる。

「あの……ラウノ。あまり怒らないでくださいね。たいしたことは話していません」

ラウノは、スヴァリナ語での会話に応じたベアトリスに対しても怒っている。それが手に取るように伝わってきて、ベアトリスは焦った。

どうしたら機嫌を直してくれるだろう。考えあぐねてその場に立ち尽くしていると、ラウノがベアトリスの手を掴んできた。

「……今から君を連行する」

「え？」

ラウノはそのまますたすたと歩き出す。ベアトリスには拒絶する選択が許されず、ただ黙って彼についていくしかない。

彼が目指している場所はすぐにわかった。連行と言っていたが、牢屋に閉じ込めるつもりはないようで、まっすぐに自分達の部屋のほうへと向かっていた。

態度の悪い総督と、その彼に手を引かれている妻は、きっとそれなりに目立っただろう。

勇気ある何人かは、何事かと声をかけようとしてくれていたが、先にラウノが目で制してしまう。

誰かあいだに入ってくれる味方はいないか。そう思いかけたところで、天の助けと呼ぶべき存在が現れる。

「どうしたんですか、お二人とも」

途中の廊下で、ヘレンとすれ違ったのだ。

怒っているラウノと二人きりになりたくないベアトリスは、ヘレンに縋るしかない。それに、ドレスを着たままのベアトリスは彼女の手伝いを必要としている。

「ヘレンさん、一緒に……」

「いらない。手伝いはあとでいい。ベアトリスと大切な話があるから邪魔をするな」

「あらあらまあまあ、邪魔をするなですって、うふふ」

何を勘違いしたのか、ヘレンは笑って手を振っているくらいだから、もうだめだ。そのまま夫婦の寝室へ連れ込まれたが、押し倒されるようなことはなかった。

ラウノは部屋の中まで入ると、ようやく掴んでいた手を離してくれた。部屋には寝台以外に小さなテーブルと二脚の椅子があるが、座っていいとも言ってくれないので、ただ扉の近くで立ち尽くしている。

これまでベアトリスは、ラウノに対して恐れる感情を持ってこなかった。彼の怒りが、直接自分に向いたことがほとんどなかったからだ。

「……いいか。夫人同士の交流など認められない。招待状が届いたら断りの返事を出すように。いや、いっそ無視をしてしまえ」

「あの……でも私、上手くやれていたと思います。それに、考えなしにスヴァリナ語で話したわけではありません」

ベアトリスはなるべくラウノと距離を置こうとじりじりと下がる。でもすぐにお尻が扉にぶつかってしまう。

今夜の自分の行動は、ラウノを不快にさせるものだったかもしれないが、間違った行動だとも思えない。自分は正しかった。そしてこの先デシレアの誘いに乗っておくのも、間違っていないと思っている。

それが認められなくて悔しい気持ちになり、ベアトリスはうつむき唇を震わせた。

ふう、とラウノが深いため息を吐き出す。

「気に食わないが、怒っているわけではない」

泣き出しそうになっているベアトリスに気付いたのか、ラウノの口調が和らいだ。

「だったら！」

ベアトリスがぱっと顔を上げると、ラウノは首を横に振る。

「だが、認めない。あの者達との接点を持とうなんて考えなくていい」

「理由を聞かせてください」

デシレアがベアトリスと個人的な接点を持とうとする理由は、予想できる。スヴァリナ人であるベアトリスなら懐柔しやすいと思っているのだろう。あちらが望むことを、ベアトリスを通して持ち込みたいのではないかと思える。

もちろん、ベアトリスは何を言われても影響を受けない自信がある。

「あのように早口でスヴァリナ語を喋られると、護衛を付けても把握できない。相手が君に酷い言葉を浴びせてきても、すぐに対応できない。自分から嫌な思いをしにいく必要はないだろう」

「さっき、デシレア様は今日の服を褒めてくださっていたんです」

「それだけにしては、会話が長かった」

「私が故郷を大切にしているか確認したかったようです。信用してもらえたら、きっと歩み寄るきっかけを探し出せるかもしれません——」

言い終わらないうちにドンと耳元近くで音がして、ベアトリスは黙った。ラウノが両腕を伸ばして、ベアトリスの背後にある扉に手をついたのだ。

ベアトリスは後方を木製の扉に、その他をラウノの逞しい腕と身体に囲まれてしまった。

「中止は決定事項とする。不愉快だ」

いつでもキスができる距離なのに、今の彼にはそんな感情がないと伝わってくる。

「あなたは、何をそんなに恐れているのですか？」

もっと自分を利用すればよいものを。ベアトリスには、彼の妻になると決めた時からその覚悟があった。少しでもラウノに恩返しをしようと思っていた。

「恐れている？　そうだな。確かに恐れている。私が何を恐れているのかわからないのなら、君はどうかしている」

「でも、約束してしまいましたから、一度だけは参加させてください。ここでさっそく双方の溝を深めるようなことはできません」

「……わかった。だがこれは覚えておくといい。私が君に押しつけた役割は、スヴァリナ人と打ち解けることでも、あいつらの腹の内を探ってくることでもない」

「では、あなたは私に何をお望みですか？」

彼が望むことなら、叶える努力を惜しまない。でもいつまでも明かしてくれないと、一人で悶々《もんもん》と考えてしまうのだ。

「私の妻となり、そばにいること。ただそれだけだ。立派な総督夫人になれとは一度も言っていない」

「え？」

「部屋に閉じ込めておきたくなるから自重してくれ……頼むから」

彼の言い分は単純なのに、滅茶苦茶のような気がする。

これでは、何も望んでいないに等しい。それにベアトリスの努力を否定してきているようなものだ。

それなのに、誰よりも愛されているように感じてしまう。

「……本当に、いつもいつもずるい人ですね」

すぐそこにある顔は、しかめっ面のままだ。ベアトリスが顎《あご》を少し傾けても、ラウノはキスをしてくれなかった。彼が困った顔になったのを見て、ベアトリスがたまらずぎゅっと抱きつくと、労《いたわ》るように頭を撫でてくれた。

7　もう泣いてもいいんだぞ

数日後。予告されていた通り、デシレアからの招待状が届いた。

ベアトリスが招待に応じる返事を書くと、ラウノからはベアトリス専属の護衛を紹介された。外出の時に常に近くで守ってもらえる女性の護衛だ。

「はじめまして総督夫人。クレメラ少尉です」

「クレメラ少尉……フルネームは？」

「キーナ・クレメラと申します」

「キーナさん……」

キーナは軍人にしては珍しく、明るくゆったりとした口調で挨拶をしてきた。

ベアトリスは、思わず彼女のことを頭のてっぺんからつま先までじっくりと観察してしまう。

赤い髪は邪魔にならないよう丁寧に編み込まれているが、艶がある豊かなものだった。ぽてっとした唇の下には、彼女の魅力を引き立たせるようなホクロがある。

それにむっちりとした身体。同性のベアトリスから見ても、かなり魅力的な大人の女性だった。

軽く自己紹介をしてもらった情報によると、年齢は二十七歳で独身とのことだが、ベアトリスはこの女性に見覚えがあった。

「はじめまして……ではないですよね？」

彼女とは、何度か町で遭遇している気がしたのだ。

「あら……気付いてしまいましたか。たまに秘密の護衛役を任されていたことがあります。ルバスティ家は反感を買いやすいですからね。閣下は意外にも周囲への気遣いを忘れないお方なのです」

「……そういうことにしておきましょう」

監視なのか護衛なのかわからない人達の存在について、ベアトリスは気付いていたので、いまさら驚くことではない。

「クレメラ少尉の言うことに、特に偽りはない」

当のラウノも開き直っている。

ベアトリスが一人で町に出るようになってから、幾度かちょっとした危ない目に遭遇したことはある。

柄の悪い人に因縁をつけられたり、通った馬車にあと少しで水しぶきをかけられそうになったり、そして男性に言い寄られたり。

そんな時、決まって運よく大ごとにならずに済んだ。ラウノがベアトリスに付けていた人達のおかげだったのだろう。

行動が筒抜けだったことも知っているので、「今まで守ってくれてありがとうございます」と感謝する気にもなれないが。

これからは堂々と警備をしてもらえるなら、きっと誰にとってもよいことだ。


ブラート家への訪問当日、ベアトリスは厳重な警備に驚きつつ馬車に乗り込んだ。

先日移動中に襲撃に遭っていることを考えると決して大げさとは言えないので、それを受け入れる。

キーナにも一緒に馬車に乗ってもらい、他の護衛役に外を守ってもらうことになる。

外は物々しい雰囲気ではあったが、車中はキーナのおかげで和気あいあいとし退屈することはなかった。

キーナはとてもお喋り好きらしい。

ベアトリスを楽しませてくれたのは、ラウノの軍での逸話である。

「閣下があまりに笑わないから、『鉄の参謀を笑わせる』という罰ゲームが、軍には存在するんです」

「それは……気の毒な罰ゲームですね。成功者はいるのですか？」

ベアトリスはこの話に前のめりになった。ラウノと出会って十年、結婚までした関係だが、今でも彼が笑ったところを見たことがない。

「いいえ！　ゼロです。最初の成功者には将軍から密かに報奨金が出るので、罰は関係なく挑む者もいるのですが、誰も成し遂げておりません」

ベアトリスはそうだろうと納得しながらほっとする。ラウノを最初に笑わせるのは自分でありたいのだ。

「実はこの前ルバスティの屋敷でも、印象改善目的で笑ってみたらどうかというお話になったんですが、顔面が引きつって事故になってました」

ベアトリスはその時のラウノの顔を思い出して、つい笑ってしまった。

「そもそも挑戦させたことに驚きます。さすが奥様ですね」

「言い出したのは私ではなく別の使用人ですよ。……他には？　もっとお話を聞かせてください。私が知らないあの人のお話を」

自分の知らない場所でのラウノの日常を聞けるのは嬉しい。つい夢中になって、キーナにもっとねだった。

「ではとっておきの秘密を。昔、軍の一部では閣下がペットのうさぎをこよなく大切にされているという噂が流れておりました」

「……？　ルバスティ家にうさぎがいたことはありません」

屋敷にいるのは、馬だけだ。ラウノは馬との信頼関係を築くために自分で世話をすることもあるが、「かわいい、かわいい」と愛《め》でている姿など見たことがない。

ましてやうさぎなど、彼の中では一歩間違えば戦場での食料と認識されるだろう。どうしてそんな根も葉もない噂があるのか。

ベアトリスが首を傾げると、キーナは悪戯めいた顔で笑い出す。

「うさぎとはあなたのことですよ、ベアトリス様」

「私……ですか？」

「はい。閣下が早く帰りたい時にそう言い訳をしていたのです。ですから、私どものあいだでは『茶色のうさぎ』とか、『閣下のうさぎ』などという作戦暗号が存在しておりました」

「それは、いつからですか？」

「たぶん、かなり早いうちからだと思います。私が入隊した八年前には、もうその通称がございました。私がはじめて護衛に付いたのはあなた様が十六歳の時ですね」

それは大きな屋敷に引っ越したあと、ラウノが長期間不在になった頃のことだ。あの時からベアトリスは一人で町に出歩くようにもなっていた。それに合わせて女性の護衛を配置してくれたということだろうか。

「閣下との公園のデートでお昼寝をされていた時のあなた様は、本当におかわいらしく、その頃からずっと応援しておりました」

「……まさか、全部見ていたのですか？」

「ええ、全部見ておりました。ケーキを分け与える閣下と照れるベアトリス様。膝枕で身動きが取れなくなった閣下と爆睡のベアトリス様。限度を知らずに嫌われて珍しく落ち込んだ閣下と悲しみのベアトリス様。……すべてこの目に焼き付いております」

「私のプライバシーはいったいどこへ……」

「私ども、いつお二人が結婚されるのかと随分待たされました。だから、今堂々と暴露できて嬉しく思います。閣下は奥様のことを、とても大切にされていらっしゃいますよ」

「私のことを見張っていたのは、別の理由があってのことですから……」

「どうして信じてくださらないのかしら。顔にも案外出ていると思うんですけどね？」

人からそう言われると、やはりラウノは昔からベアトリスを大事にしてくれていたのではないかと勘違いしそうになる。

でもラウノはきっと、純粋にベアトリスを監視していただけなのだ。理論的に考えて、必要があったから。

訪問先のブラート家に到着すると、玄関先で夫妻がすでに待ち構えていた。

当主は出迎えのみで、玄関ホールに入ったあとは「女性同士で楽しい時間を過ごしてください」と言い残して去っていく。

ベアトリスはそのまま、デシレアのサロンに案内された。

男性の護衛数名は部屋の外で待機していてもらい、ベアトリスはキーナを伴って中に入っていく。

そこにはすでに、今日の他の招待客がいた。

一人は先日の晩餐会にも出席していたが、席が遠くあまり会話を交わせなかったバース家の夫人。大人しそうな印象で、年齢はデシレアと同世代だ。

彼女が今日の会に参加することは、あらかじめ知らされていた。三人でのお茶会だと聞いてきたはずだが、サロンにはもう一人、参加を知らされていなかった人物の姿が見えた。

まだ十代と思わしき若い令嬢だ。かなり緊張している様子が見て取れた。

誰だろう？

ベアトリスが疑問に思ったところで、デシレアがさっそく令嬢を紹介してくれる。

「今日は、お若い方もお招きしたのです。オデアン家のご令嬢でリーズベット様ですわ」

オデアン家と聞き、ベアトリスは驚く。その家は現在ブラート家と並ぶほど勢いのある家で、何より反カルタジア勢力の代表のような存在だからだ。

晩餐会に招待状を送ったが、返事すらこなかった家でもある。

ブラート家は表面上カルタジアに友好的だが、オデアン家はそうではない。常に反発と敵対の態度を示してくる家として、ベアトリスですら名前を記憶していた。

リーズベットはその当主の娘なのだと言う。

「リーズベットと申します。お会いできて光栄です、総督夫人」

「はじめまして、リーズベット様。ベアトリスです。私もお会いできて嬉しいです」

リーズベットは艶やかな金髪と大きな青い瞳を持つ愛らしい少女で、ベアトリスがほがらかな態度を心がけると、硬くなっていた表情を崩して、安堵しながら微笑んでくれた。

リーズベットから、こちらに対しての嫌悪や悪意を感じない。身構えてしまったが、杞憂《きゆう》だったようだ。

(もし、私が仲良くなれたら……)

オデアン家との関係に、変化をもたらすことができるのではないか。

デシレアの目的は、まずは懐柔しやすそうなベアトリスをスヴァリナ側に引き込むことなのだろう。

そのためにリーズベットを紹介してくれたのなら、感謝しなくてはならない。逆にベアトリスがこれを利用して、カルタジア王国やラウノに関しての誤解を解くことができるかもしれないからだ。

女性四人でテーブルを囲み、お茶と菓子と会話を楽しんだ。

「デシレア様、今日のテーマは薔薇なのですね。飾りや紅茶だけでなく、ケーキからも香りが漂ってきますわ」

バース家の夫人が、デシレアが用意したものを褒めていた。

部屋には至る所に薔薇の花が飾られていて、紅茶と菓子からはほどよく独特な甘い香りが漂ってくる。

「ええ、もともと商会で食用の薔薇の研究に投資をしていたのですが、最近では自分でも趣味として栽培をはじめたんです」

そこから一同は、デシレアの薔薇栽培についての話で盛り上がった。

大きな商会の一人娘として生まれたデシレアは広い知識を持つ人物で、とても興味深く有意義な話をしてくれた。

しばらくはそんな話題が続き、駆け引きや策略など無縁の状態だった。

デシレアがここにベアトリスを呼んだのは理由あってのことだと理解しているが、彼女は危害を加えてくるような人ではないということは、接しているうちになんとなくわかってきた。

リーズベットが遠慮がちにある提案をしてきたのは、お茶会がはじまって一時間ほどたった頃だった。

「あの……ブラート家のお庭を見せていただいてもよろしいでしょうか？　こちらから見てもとても美しい庭園だとわかります。直接歩いてみたいのです」

「ええ！　それはもちろん。ぜひお見せしたいわ」

実際ブラート家の庭園はとても綺麗で、薔薇が見頃を迎えているようだ。大人二人が並んで歩けるくらいの石畳の遊歩道が奥へと延びていて、色とりどりの薔薇が咲いていることがサロンからも確認できていた。

全員でサロンから外に出て、日傘を差しながら歩いていく。

「ベアトリス様、よろしければ私と一緒に歩いていただけませんか？」

真っ先に声をかけてきたのは、リーズベットだ。彼女は今日挨拶を交わす直前と同じように、緊張で顔を強ばらせていた。

「ベアトリス様、ぜひリーズベット様とご一緒してあげてください。年も一番近いのですし」

もっともらしい理由をつけて後押ししたのはデシレアだ。

庭に出ようと提案してきたのもリーズベットだし、何か思惑があるのかとベアトリスは察した。それでも危害を加えられる気はまったくしなかったので、ベアトリスは承諾しようとした。

しかし、キーナがそれを止めてくる。

「お待ちください。ベアトリス様は私の近くにいてくださいませ。警護ができませんから」

それまで黙っていたキーナが、他の三人にも伝わるようにはっきりと警戒を強める。

「キーナさん、なぜ止めるのですか？」

ベアトリスがリーズベットと二人になることを阻むかのようなタイミングに、疑問を抱く。

リーズベットはキーナに怯えているようだった。でも、ベアトリスと一緒に歩きたいという要望を撤回もしてこなかった。

対するキーナは、軍人らしい強い視線を容赦なくリーズベットに浴びせている。さすがラウノの部下だなんて、感心はしていられなかった。

「キーナさんごめんなさい。私はリーズベット様と一緒に歩きます」

この場でのキーナの意思は、ここにいないラウノの意思でもある。「危ないことはするな」という保護者の立場だ。

でも、今はあえてそれを無視して、リーズベットと歩き出す。若いリーズベットが必死になって自分に何を求めているのか、確かめたかったからだ。

「護衛の方、大丈夫でしょうか？　怒ってらっしゃるでしょうに……」

「そうですね。でも、怒る理由を私は知りたいと思ったんです。私の知らない何かがあるのでしょう？」

問いかけると、リーズベットは歩みを止めないまま、真剣な表情を向けてきた。

『総督夫人。あなたが真のスヴァリナ人であると信じ、お願いに参りました。……総督閣下にお伝えしていただきたいことがあるのです。でもやましいことはございません。ただ聞いて欲しいだけなんです』

リーズベットは、この前のデシレアと同じくスヴァリナ語で話しはじめる。後ろを歩くキーナが内容を聞き取って会話を止めてこないための対策で、デシレアからの助言だろう。

『話を聞いて、私の立場から夫に伝えればいいのですね？　リーズベット様と同じ意見になる保証はありませんが、それでもよろしければ』

これは一種の陳情だ。国王もラウノもわざわざ総督の妻にスヴァリナ人を選んだのだから、仲介を引き受けることはむしろベアトリスに課された役目だと思える。

『はい！　もちろんです。……あの、聞いていただきたいのは、私の婚約者のことです』

『ご婚約をされているのですか。おめでとうございます』

『ありがとうございます。その方の名前は……アンセルム様とおっしゃいます。私と同じ十六歳です』

『アンセルム……様？』

ベアトリスの心臓が、軋むような音を立てた。

『大公家の生き残りで、正当な後継者、アンセルム公子であらせられます。生きていらっしゃったことをご存じなかったのですね。デシレア様もそうではないかと……』

『え、ええ……』

『総督府には再三申し立てをしておりますが、未だ認められておりません』

『まさか……そんなこと、まったく知らず……』

思いも寄らない告白に強い衝撃を受けたベアトリスを見て、リーズベットは希望を見いだすように距離を縮めて訴えてくる。

『難を逃れご無事だったのですが、見つかったら処刑されてしまうとお考えになったようで、長らく身を隠していらっしゃいました。情勢が安定してきたのでお戻りになり、今は我が父が後見役となっております。でも、存在を否定され続けるのはあまりにもお気の毒で……』

そこからベアトリスは、リーズベットが瞳を潤ませながら語ってきた内容を、ただ聞いているだけの存在になっていった。

スヴァリナ崩壊の最初の日。まず離宮で火災が起こった。ここで当時の大公夫妻、それに公女と公子が命を落としたことになっている。

しかしリーズベットは違うのだと言う。いち早く危険を察した大公の弟エンシオが、まだ幼い世継ぎのアンセルム公子を逃がし、自ら盾となるべく一時的に大公の座についた。

エンシオはあえなくカルタジアの前に倒れるが、アンセルム公子はそのあいだに第三国への逃亡に成功した。

それから十年間、公子はスヴァリナ人の支援者に守られながらひっそりと身を隠して生きてきた。しかし成人を控える年齢となり、スヴァリナとカルタジアのために役目を果たそうと戻り、リーズベットは公子を支えるため彼の婚約者となった。

そして現在公子は、スヴァリナ大公家としての一定の地位と権利の回復を求めているのだという。

カルタジア側には無視されている状態だが、スヴァリナ人であるベアトリスにこの橋渡しを頼みたいというものだった。

リーズベットの話を聞いても、ベアトリスの頭は理解が追いつかなかった。

(本当に……生きてるの……?)

彼女の話には、事実ではない部分もある。

スヴァリナ人は、「大公家の悲劇」について、すべてをカルタジア王国の陰謀だと認識しているが、ベアトリスはエンシオの仕業だということを知っている。

だからすべてを信じてはいけないとわかるが、公子が生きていたという点については、信じたいしすぐに真相を確かめたい。

これは喜ぶべき情報を得た。素直にそう思えればどんなによかっただろう。しかしベアトリスの心は痛いほど締め付けられている。

リーズベットが、不思議なものを見るような顔を向けていた。

ベアトリスからの共感を望んでいたはずなのに、そうではない反応をしているからだろう。

「総督夫人、どうされましたか? お顔が真っ青です」

「ごめんなさい。……おかしいですね。ごめんなさい」

ここで動揺してはいけない。リーズベットに不審に思われてしまう。

「あの、なんだか急に目眩がしてしまって……。今日は帰ります。また次回、じっくりお話を聞かせてくれませんか?」

彼女の話が不快だったわけではないと伝わるように、ベアトリスはどうにか微笑んでみせる。

「ええ、驚かせてしまったのなら、本当に申し訳ありません」

「違うのよ……リーズベット様のせいじゃないんです」

異変に気付いたキーナがすぐに駆け寄ってきて、デシレアとバース夫人も心配そうにベアトリスを気遣ってくれる。

「本当になんでもないの。ちょっと疲れてしまっただけ……」

キーナがベアトリスのふらつく身体を支えようとしてくれる。あまりみっともない姿を見せたら不自然だ。どうにかこのまま、馬車に乗り込むまで耐えようと歩き出す。

その時だ、どこかから騒がしい声が聞こえてきたのは。

見ると、カルタジアの軍服を着た護衛達を引き連れて、ラウノが大股でベアトリスのほうに向かってきていた。

「ベアトリス！」

目が合うなり、大きな声で名を呼ばれる。

「ラウノ……どうしてここへ？」

ラウノは総督府で公務中だったはず。招待されていないのに、勝手にやってくるのはマナー違反だ。特に危害を加えられたわけでもないというのに、怖い顔をして強引に入ってきた。

その顔を見た瞬間、どうにかせき止めようとしていた気持ちが溢れてきてしまう。

悲しみと、不満と、怒り、それにベアトリスががんばらなくとも、彼ならきっとここから連れ出してくれるだろうという安堵の気持ちが織りまざる。

瞳に涙がいっぱいため込まれ、ぽろっと零れてしまった。こんな場所で泣きたくない。リーズベットやデシレアに、なんと言い訳すればいいのだろう。

そんな心情が伝わったのか、ラウノは自分の上着を脱いで隠すようにベアトリスの頭からかぶせてくれた。

「人前で泣くな、子どもじゃあるまいし」

誰のせいだと思っているのか。ベアトリスが泣きたくなる原因を作るのは、大体彼だ。

抗議の声を上げる代わりに目の前にある胸を叩いてしまいたいが、ベアトリスがそうする前にラウノに無遠慮に抱き上げられた。

「あの……総督閣下、どうして突然こちらへ？」

これはデシレアの声だ。予告もなく乱入してきたラウノに対して当然の疑問だろう。

「帰りが遅いから迎えにきた。実は……妻は重度の寂しがり屋でな。長時間私と離れているとこうして発作を起こすことがある。特にまだ慣れない地でのはじめての外出だから心配していたが、案の定この通りだ」

「はぁ……さようでございますか」

デシレアの呆れたような返事が聞こえてくる。ラウノは元軍人で長期間家を空けることがあったたろうと簡単に想像できてしまうから、この言い訳には無理がある。

どうせなら、もう少しまともな理由を考えて欲しかった。

それでもラウノは今や総督という高い地位にいる人物だから、誰もおかしいとは指摘してこない。

「妻が世話になった。次回の交流会は総督府で開催しよう。騒がせたな」

ラウノはベアトリスを抱き上げたまま歩き出す。

強引ではあったが、もはや止める理由もない。

中庭から建物の外を回り、玄関前に止められていた馬車に乗り込む。そのあいだにベアトリスの涙はほとんど引っ込んでいた。

しかし涙の痕はそのままなので借りた上着をかぶり続けていると、服の合わせの隙間からその顔を確認するように、ラウノが覗いてくる。

「もう泣いてもいいんだぞ」

ラウノはやっぱり酷い人だ。重要なことをわざと隠していた彼のことを、今度こそ本気で怒ってやろうと考えていた。

それに人前で泣くななどと冷たい言葉を口にしておいて、今は泣いていいと言い出す。自分の前なら泣いていいなんて、本当にずるい。

ベアトリスはラウノの上着をかぶったまま、じっと睨みつけた。でもそれが精一杯で、強気に出られない自分のことが悔しくなり、またじんわりと涙が零れ出す。

彼を本気で怒れないのは、自分にも隠し事が多すぎた自覚があるからだ。

並ぶように座ったラウノは、自分の手の親指でベアトリスの涙を拭ってくれる。いつでも口付けを交わせる距離まで近付いているが、キスでごまかされたりしない。

「どうして私を迎えにきたんですか？」

本当は理由などほぼわかっていたが、ベアトリスはあえてラウノに問いかけた。

「オデアン家の令嬢がいるという報告が入ったからだ。会わせるつもりはなかった」

「お仕事を放りだしてまで？」

リーズベットはベアトリスに危害を加えてくるような悪人ではない。か弱くて優しい令嬢だ。そんな彼女を、ラウノが全力で警戒する理由。……それはもちろん先ほど彼女が話した内容が関係している。

わかっていて、あえて問う。それほど重要なことなら、もうこれ以上隠して欲しくない。

「言い訳はしない。君に知られないよう伏せていた。アンセルム公子のことを知られたくなかったからだ」

「……どうしてですか？　スヴァリナに連れてきた意味は……私と結婚した本当の意味は……そこにあったのではないですか？　私が――」

続く一言を口にするのは、とても勇気がいる。ベアトリスの秘密。一度口にしてしまえば、何かが変わってしまう気がして怖かった。

「君が、カティヤ公女だから？」

ベアトリスはゆっくりと頷いた。ラウノから、はじめてその名前が紡がれる。とても不思議な気分だった。

（ほら、やっぱり知っていた）

カティヤ・スヴァリナ。それがベアトリスの本当の名前だ。

十年前に死んだことになっている、スヴァリナ公国のたった一人の公女がベアトリスの正体だ。

十年間……互いに一度もその名前を出さなかったが、ラウノが把握しているだろうことは想像していた。用心深い彼が、敵対していた国の出身者を素性不明のままそばに置くわけがない。

だから一人で外出する時には、キーナのような護衛兼監視を付けていたのだろうことも。

「私はあなたが何を考えているのか、まったくわかりません」

スヴァリナ行きを知った時、彼やその上にいる国王はついにベアトリスの出自を利用するつもりなのだと思っていた。

公女が実は生きていて総督側についたとなれば、支配の正当性が保たれる。

ベアトリスが自分の名前を利用されるような事態を容認したのは、悪用されることはないだろうと判断したからだ。故郷の安定のために必要なら、もう逃げるべきではないと。

でもラウノは以降もカティヤの名前を一度も出さなかった。それどころか、本来すべき総督夫人としての社交に関しても消極的だ。

「……公子のことは、真偽が確定していないから黙っていたんだ。もちろん、直接君に確認させることも考えていた。しかし現実に、弟の名前を聞いただけで君は泣いている。生きていたら嬉しいだろう。だが喜んだのも束《つか》の間、偽物だったらどうする？」

問われ、ベアトリスは一度ゆっくり目を閉じた。

今もはっきりと脳裏に焼き付いているのは、すべてを失った夜の残酷な光景だ。

弟に語った話の本が出版され、実際に弟を名乗る者が現れた。だからアンセルムは生きている。そう思いたいのに、ベアトリスの中でも確信が持てずにいる。

「偽物……なのですか？」

「まだわからない。アンセルム公子を名乗る人物は、長年行方不明だった大公家の指輪を所有しているそうだ。為政者の証《あかし》の指輪であるから正当な後継者だと、主張してきている。だが十年前の調査でははっきりと……」

ラウノは最後まで言葉を口にしなかった。はっきりと死亡が確認されている。そう口にしたかったがベアトリスの前だからためらったのだ。

「指輪は？　……それは金色の指輪ですか？」

「宝物庫にある資料には、そう書かれているな。建国の時からあるそうで、貴石は嵌《は》められていないただの金の指輪だそうだ。初代の大公が残した言葉が刻まれているらしい」

指輪の話をされ、ベアトリスの中の希望は陰る。

「……その指輪をアンセルムが所持しているのはおかしいです。私が、離宮から脱出する時に持って……そして誰にも見つからない場所に捨てました」

当時、父に言われ指輪を手にして脱出した。そして森の中をさまよい、奪われるくらいならと谷底に捨てたのだ。

捨てた場所を知っているのは、今はもう自分しかいない。

「もし本当にアンセルムが生きているとしたら、ふたつの奇跡が同時に起きていることになります。ひとつは、離宮で叔父に斬られ倒れたはずの弟が生き延びている奇跡。そしてもうひとつは、誰の手にも渡らぬよう私が捨てたはずの指輪が回収され、アンセルムの元に届けられた奇跡です」

冷静に考えるとそんな奇跡、起きようがない。でも指輪といいラウノにはまだ話していない本のことといい、アンセルムに繋がる情報が不鮮明に散りばめられているのも確かだ。

「ラウノ……私はどうすればいいのでしょうか」

自分が何をしたいかわからなくなり、弱音を吐き出すようにラウノに問いかける。

アンセルムを名乗る者がいるのなら、ベアトリスは昔の名前に戻ってそれと対峙《たいじ》すべきだ。

でも、カティヤに戻る自分の姿が想像できない。一度名乗ったら最後、きっと永遠に滅んだ国の公女として、人々の思惑や陰謀に巻き込まれ続けるだろう。

「何もしなくていい。前にも言っただろう。私は誓って君の過去を利用しない」

「嘘です。そんなのおかしい……合理的じゃありません。あなたらしくない」

「嘘ではない」

きっぱりと言い切ってきたので、ベアトリスは彼の心を探るようにじっとラウノを見つめた。すると彼はいつものようにふと目を逸らし、一人で窓のほうに顔を向けてしまう。

やはり、嘘なのではないか？　少なくとも彼にこの結婚を命じたであろう国王は、カティヤの名前を利用したかったはずだ。それに逆らう道理は彼にはない。

「私はただ……」

ぽつりとラウノが呟いた。

「ただ？」

「君が失ったものを、少しだけ取り戻してやりたかっただけだ」

背を向けているラウノの、耳の端が赤くなっているのは気のせいだろうか。

「……やっぱりおかしいです」

ベアトリスはラウノの背中に縋り付くように抱きつく。彼が掛けてくれた上着が落ちてしまったが、涙が溢れてきて拾うことができない。

じんと胸が痛い。

「どこがだ？」

ラウノはしらをきる。彼がこの矛盾に気付いていないはずがない。

最初に与えてくれたのはあたたかな食事、それに親のように面倒をみてくれる優しい夫婦、ふかふかのベッドに、かわいいリボン……他にもたくさんある。最近では宝石に、ドレスもプレゼントしてくれた。

そして今、彼は家族のようにそこにいる。

すべて一度失ってしまったものだ。

でも取り戻すものの中に「公女」という身分を真っ先に入れないのはなぜなのか。カルタジア王国に協力的なスヴァリナ大公家の公女として、利用しないでいてくれるのはなぜなのか。

世間はラウノのことを冷酷だと言うが、ベアトリスはこんなに優しい人を他に知らない。

「見返りを求めてもいいのに……」

「些細なことに、いちいち見返りを求めてなどいられるか」

「私はあなたのおっしゃる、『少しだけ』や『些細なこと』が嬉しいです」

それからベアトリスは、総督府に到着するまでのあいだラウノの背中を借りて泣いていた。

ラウノはシャツが涙で濡れてしまうのも厭《いと》わず、黙って付き合ってくれたが、もう少しで到着という頃になってベアトリスに声をかけてきた。

「そろそろ泣き止まないと、また上着をかぶせるぞ」

その頃にはもう気持ちも落ち着いてきていたが、泣きながらこれまでのことと、これからのことを整理していたら、なんだか別のことが気になり出して落ち着かない気持ちになっていた。

(公女の名を使うために、私を連れてきたのではないなら、他に何の理由があるの？)

最初は、印象操作で手っ取り早く彼のことを怖がらない相手を選んだのだと理解した。

同時にスヴァリナ行きを知り、ベアトリスの過去があったからこそだと解釈していた。

なのに、ラウノは何も利用しないと言う。

だったらどうして結婚したのだろうと振り出しに戻ってしまった時点で、もうひとつだけ、自分の願望が生み出している理由が思い浮かんできてしまったのだ。

これまでのラウノの言動を思い起こしてみても、ひとつも矛盾しない。

「……もしかしてなんですが……違っていたらとても恥ずかしいのですが、……ラウノは私のことを……その、愛してくださっているの？」

思い切って尋ねてみると、ラウノがびくっと肩を跳ねさせた。

ベアトリスを払いのけるようにしながら振り向いた瞬間、彼が見せたのは、引きつっていてこのうえなく凶悪な顔だった。

「…………到着したようだ」

ちょうど馬車が停車したことをいいことに、ラウノは問いかけの答えをくれないまま「仕事がある」と去っていってしまった。

わざわざ自ら迎えにいったベアトリスを、その場に置き去りにして。――これは逃走だ。

「しかたのない人ですね……」

ラウノがまっすぐに愛の言葉を囁いてくれる日は、彼が大笑いしてくれる日より先かもしれない。

ため息と共に、ベアトリスは自分の部屋に戻る。

しばらくすると、コンラードがラウノからの伝言を預かって訪ねてきた。

「夕食は私室でご一緒に召し上がるそうです。その時によく話し合いをしようとおっしゃっておりました。……それからこちらを預かっております」

コンラードが、抱えていた小箱をベアトリスに差し出す。書簡などのやりとりに使うものだ。

「なんでしょう？」

「さあ？　必ず一人の時に開けるようにとのことです。では失礼いたします」

コンラードが出て行ったので、ベアトリスはさっそくその箱を開けてみた。

箱の中には今摘んできたばかりであろう一輪の白い花と、一行だけメッセージが書かれたカードが入っていた。

「まあ、かわいらしい……」

　この城は今日訪問したブラート家の屋敷と違い、美しい庭園などない。中庭には、石垣の隙間に自生している強い花……よく雑草と言われてしまうような種《しゅ》のものが咲いている。ラウノが届けてくれた花も、まさにそんな小さな花だった。

　そして、メッセージには――。


『先ほど問われたことは、君の勘違いではない』


　ベアトリスは一人きりだったのに、思わず口元を手で覆ってしまった。

　しかめっ面で花を手折って、メッセージを書いて、何食わぬ顔でコンラードに託して……そんな光景を想像してしまう。

　これが「愛している」だったら、きっとこんな想像ができなかった。誰かの助言で無理に書いてきたのだと疑ったことだろう。彼らしい恋文に、ベアトリスの胸は高鳴った。

（どうしよう。夕食の時間までに、この顔元に戻さないと……）

　気を抜くとにやけ緩んでしまう口元をどうにかしないと、きっと夕食の席でラウノは不機嫌になる。

　何事もなかったかのように、カードなどもらっていないように振る舞うこと。これがどうやら彼の妻として重要な任務らしい。

◇◆◇◆◇

ラウノの告知通り、夕食は二人そろって私室でとることになった。

食事の準備が整ってからは給仕係にも退室してもらい、完全に二人だけになる。これなら元使用人のベアトリスが知っているはずのないことも、口に出すことができる。

夕食までの時間に考えていたことを、しっかりと伝えるよい機会だった。

「……私はやっぱり、直接確認したいです。本物か偽物か」

ベアトリスがカティヤの名を捨ててから十年たっている。当時六歳だったアンセルムと会っても、本人かどうかなんてわからないかもしれない。それでも、会ってみたい気持ちが募る。

オデアン家はカルタジア総督府を認めていない姿勢で、先日の晩餐会も完全に無視し欠席している。最近の彼らの主張は、簡単に言えば公子がいるから公子の地位の回復と政治的権限を与えろというものらしい。

「ラウノ、あなたは公子を名乗る人物にはもう会ったのですか？」

「いや、まだだ。前の総督は一度会っているそうだが、要求を突っぱねてからはオデアン家の当主も公子も、総督府が管轄しているような場所には出てこなくなった」

「リーズベット様経由で打診すれば、あるいは……」

「かもしれないな」

「もし偽物だったら、リーズベット様にかわいそうなことをしてしまいますが……。今日お会いした印象では、純粋に信じているのだと思いました。もしかしたら、私との接触を持とうとしたのも、オデアン家の当主の考えではなく、婚約者の現状をどうにかしてあげたいという彼女の独断だったかもしれません」

それくらいの必死さが、彼女から伝わってきていた。

「オデアンはともかく、ブラート家の夫婦に気になるところはなかったか？」

「変わらず、友好的に感じました。でも……本当のところは違うのでしょうね？」

カルタジアに友好的なブラート家。反発するオデアン家。ふたつの家は考え方が違うものだと思われていたが、その認識は改めなければならない。

「ブラート家が友好的だったのは偽装の可能性があるな。そして、ふたつの家が繋がっていることを隠すのをやめた。そういう段階に入ったと見える。勢力を逆転させるような準備が整ったと判断したのか……」

ラウノは半分ひとり言のように、自分の考えを口にする。

考えをまとめることも必要だが、何かもっと有効な情報を入手できないものだろうか？

ベアトリスはしばらく考え込んだあと、ぱっとひらめいた。

「そうだ、これから夜のお城探索に参りませんか？」

「どこを探索する？」

「宝物庫です。……指輪のことを調べたいと思います」

「ああ、いいだろう」

夫の許可が下りたので、ベアトリスはすぐに立ち上がりラウノの手を引いた。

今夜の案内役はベアトリスだ。

初日に宝物庫は案内してもらっていないが、迷うことはなかった。本当はこの城のことなら、誰より知っているのだから。

居館の西側の半地下になっている場所。三つの扉をくぐった先にあるのが、目的の宝物庫だ。

扉にはすべて鍵がかけられているが、それをラウノが順に解錠していってくれる。護衛の騎士達に待機を命じて最後の扉を開くと、たくさんの棚が並ぶ部屋にたどり着く。

棚には大小の化粧箱が置かれていた。

「カルタジアは、この宝にまったく手をつけなかったのですか？」

複雑な経緯はあるが、十年前両国は戦い、そしてカルタジアが勝利した。

負けた側の土地も財産も、勝った側のものになるのが戦争というものではないのだろうか。

売りさばくのも、持ち帰るのも自由だったはず。

「スヴァリナのものを好き勝手に奪ったら、ただの侵略者となってしまう。……まあ、早い話がこれ以上印象を悪くしたくなかっただけだが。もしも、君が一部でも所持するつもりがないのなら、そのうち所蔵品を公開すればよいと考えている」

「博物館のようなものでしょうか？　それはとてもよい考えですね」

「君は、ここに来たことがあるのか」

「何度か。大公家が所有している宝石や美術品について学ぶためです」

この城にいた頃、ベアトリスはかなり勤勉だった。これは父の教育方針だ。

立場に甘えず、決して驕《おご》らず、成人を迎えるまでに知識と教養をしっかりと身につけること。それが大公家の子として課せられた役目であると、父から教えられていた。

その頃の記憶を頼りに、ベアトリスは奥へと進んでいく。

宝飾品の棚を抜けると、今度は書庫がある。そこには伝来の品について細かく記された資料もある。

ベアトリスは、いくつかの書棚を見て目的の資料を取り出した。

「確か、指輪について書かれたのはこちらですね」

近くにあったテーブルにその本を置き、ラウノが見やすいようにして開いた。

本は、大公家所有の宝についてまとめられたものだ。冠《かんむり》や杓《しゃく》と並び、統治者の証として初代から大切にされてきた指輪についての記載がある。

資料によると、指輪には古語で「光」という意味の文字が彫り込まれているらしい。大きさ、それにこの資料が作られた時点での細かな傷などもしっかりと書かれている。

指輪の大きさの調整をすると彫られた文字を歪《ゆが》めてしまうので避け、歴代の大公は自分の嵌まる指につけていたようだ。

ひととおり関連するページをめくってみたが、ベアトリスの欲しい情報はここには記載されていなかった。ベアトリスは、資料にはない自分の知っていることを、ラウノに正直に打ち明けることにした。

「最後に父から聞いた話なのですが……指輪には鍵の役割があるそうなんです。……でも詳細まで教えてもらう時間はありませんでしたので、具体的に何の鍵なのかわかりません。それについて書かれた文献があったら、真贋《しんがん》の判定にも役立つのではと考えたんですが……」

「鍵か。……あの奥に開かずの金庫があるがそれだろうか？」

「開かずの金庫！　確かにあそこに金庫がありますね」

ベアトリスとラウノは、実際にその金庫を確認しにいってみた。ちょうどベアトリスの背丈ほどある、かなり大きく立派な金庫だ。

ラウノによると金庫は十年間、一度も開けられていないらしい。

「なんでも仕掛けがしてあって、無理に開けようとすると中に入っているものに有害物がかかる仕組みになっているらしい。しかも厄介なことに……ほらここを見てみろ」

言われた箇所に注目しながら、ラウノの説明を聞いた。

「金庫はダイヤル式だ。強引に開けようとしてもだめだが、間違いを繰り返すのもだめだ。ここに目盛りがあるだろう？　針が十あるうちの八を指している。あと二回間違えたら、有害物で汚染されるらしい」

ぎりぎり八回までは挑戦してみたのか、もうあとがない状態だ。

「でもこんな複雑な作りなら、それほど古いものではなさそうですね」

「ああ、金庫自体はそう古いものではない。だが歴代受け継いできた指輪が新しい金庫の鍵となっている？　……しっくりこないな」

「もっとよく調べてみる必要がありますね」

とりあえず鍵については置いておき、ラウノを誘って他の場所を見て回る。ベアトリスは宝物庫の中で、もうひとつ確認したいものがあった。

目的の場所は、絵画が収蔵されているあたりだ。

「ありました。きっとこの絵です」

ベアトリスが見たかったもの、それは肖像画だ。たくさんの絵の中から目星をつけて、保存のために掛けられていた幕を取り払うと、すぐに見つけることができた。

「この肖像画に描かれている少年が、アンセルムです」

大公一家四人が描かれた非公開の肖像画だ。金髪の男の子の姿は、ベアトリスの記憶の中にある人物と何ら違わない。それを確認したかったのだ。

「そして、こちらが姉のカティヤ公女。……君の子どもの頃の姿だ」

ラウノに言われ、ベアトリスも隣の「カティヤ公女」の姿に視線を移す。

「髪色が、昔とは随分変わってしまいました。今の私とは違います」

「大人になると濃くなっていく者は多いからな。出会った頃は確かにこれに近い髪色をしていた」

生まれた時、金髪だった髪は徐々に濃い色へと変化していった。それにこの頃は、今のように感情を自由には出せなかった。ベアトリスはこの肖像画の中の少女を、自分だとは思えなくなっている。

「アンセルムが本当に生きていたとしたら、きっとあの子もこの頃のままではないのでしょうね。あの子はまだ六歳だったから、大人になった姿を想像できません」

「そうかもしれないな」

「ラウノはいつから、私のことを知っていたんですか？」

「育ちのよさは最初から隠せていなかった。疑った理由はまずそこだ。そして十年前に一度この絵で確認し、唯一公女だけが確実に死んでいる証拠が出てこなかったことで確信を持った。公女の乳姉妹の名前がベアトリスだということも把握できたから、大体のことは察することができた」

「……実は大公家の決まりで、十六歳になるまでは学ぶことが優先され、外での公務がありませんでした。だから私とアンセルムは、ほとんど顔を知られていないのです。私は身分を隠すため、それを利用しました」

　この肖像画は内輪での記念に描かれたもので、公の場には一度も飾られていない。そして、当時自分達姉弟と直接関わっていた使用人のほとんどが、陰謀に巻き込まれてしまった。

「君はカティヤ公女に戻りたいと思ったことは？」

　問われたベアトリスは、迷うことなく答えた。

「私はベアトリス・ルバスティです」

　ラウノは、はじめから答えを知っていたかのように頷く。

「それでいい」

「でも、今夜だけ聞いていただけますか？　私がカティヤ・スヴァリナだった頃の話を」

　ラウノは頷き、宝物庫内に置いてあった長椅子に腰を掛けるようベアトリスを誘導した。

　二人並んで座ったところで、ラウノがベアトリスの手を握ってくれた。これはベアトリスにとって、辛い記憶の話だとわかっているからなのだろう。

　そのぬくもりに励まされ、ゆっくりと過去の記憶を探るように語りはじめる。

8 不届き者を許しはしない

カティヤ・スヴァリナは、スヴァリナ大公の長女としてこの世に生を受けた。金色の髪を持つ、どちらかと言えば臆病で大人しい少女だった。

向上心を持ちはじめたきっかけは、六歳になった時待望の弟ができたことだった。将来公国を背負い立つ弟のために、優しくよい姉であろうと誓ったのだ。

まだ暗冬と言われていた時代ではあったが、その頃のスヴァリナ公国は、比較的穏やかな状態だった。それは当時の大公――自分の父の努力によるものだと、娘のカティヤは誇らしく思っていた。

大公はスヴァリナの安定のために、国境を接する新興国のカルタジアと同盟を結ぶ決断をしたのだ。おかげでそれまでスヴァリナの港湾都市として利権を狙っていた海賊や、その背後にいる国との偶発的な衝突が激減していた。

しかし同盟を結んだとはいえ力関係ははっきりしていて、新興国の庇護を受けているような状態だ。歴史ある公国の人間として、大公の決定に批判的な者がいたのは確かだ。

その不満がくすぶり続け、悲劇へと繋がっていく。

それはカティヤが十二歳の時の出来事だ。年に一度の行事として、家族水入らずの休暇を過ごすために離宮に滞在していた時、それは起きてしまった。

深夜、きな臭さとどこかから聞こえてくる騒音で、眠っていたカティヤは目を覚ます。

（なに――？）

昼間に船遊びをしていたせいか疲れて深く寝入ってしまい、最初は悪夢の世界に迷い込んでいるのだと勘違いした。ただ、夢と現実の区別がつかなくとも、恐怖だけははっきりと感じた。

どこかで火事が起きているのか、煙たい臭いが部屋に充満してくる。炎は届いていないが、これがただのボヤだとしたら、すぐに誰かが問題ないと知らせにくるはず。

何かがおかしい。

この恐怖は、部屋に閉じこもっていることでは解消できない。状況が把握できないことが、とにかく怖かった。

「お父様……？　お母様……？　どちらですか？　……アンセルム？」

家族それぞれの寝室はそう離れていない。カティヤは頼れる両親を探そうとしたが、まだ六歳の弟のことも気になった。

そういえば、アンセルムは寝る前に珍しく少しぐずって、母が付き添っていたはず。カティヤはそこに母もまだいるのではないかと考え、真っ先にアンセルムの部屋に向かうことにした。

廊下には煙が流れてきているが、火元はまだよくわからない。でも急がなければならない。

「公女様……カティヤ様……」

潜むような小さな声で呼びかけられた。乳姉妹でカティヤの侍女をしているベアトリスが、不安そうな顔をしてそこにいた。

「ベアトリス、これはいったいどういうことなの？」

「私にも、何が起きているのかわかりません」

ベアトリスは今にも泣き出しそうだった。

「ここで待っていて、アンセルムの部屋を見てくるから」

カティヤは口元を押さえたまま、弟の部屋の前までやってくる。扉は、少しだけ開いていた。

中からカチャ、と金属音が聞こえてきた。深夜の子どもの寝室には、似つかわしくない音だ。そして、うめくような声も。

それはアンセルムの声でもなければ、母の声でもない。焦燥にも似た嫌な予感が襲う。

カティヤは音を立てないように注意しながら、そっと部屋の中を覗き込む。そうして恐ろしい光景を目にしてしまった。

「悪くない。……私は悪くないんだ」

幼いアンセルムの部屋で、ひとり言のような言葉を発していたのは、叔父のエンシオだった。

（叔父様？　どうして？）

カティヤの手は震え出す。今夜、エンシオはこの離宮にいないはずの人だった。それなのに今、彼は鎧をつけて剣を手にしてそこにいる。

そのエンシオの足下に、重なり合うように倒れているのは――。

（そんな――）

あれは、母と弟ではないのか。違うと信じたいが、記憶にある藍色のナイトドレスがはっきり見える。

エンシオは剣を手にしている。その刀身は赤く汚れていた。

カティヤは立っていることができなくなり、その場に崩れ落ちた。床が絨毯《じゅうたん》だったから、大きな音を立てずに済んだ。でも、危険は確かに迫っている。

（私、殺される……叔父様に。アンセルムが……お母様が……）

ただこの差し迫る恐怖から逃れたい。エンシオが自分の存在に気付く前に。それなのにカティヤの足はまるで役に立たない棒のようになってしまった。

近くにいたベアトリスも震え、言葉を失っていた。

せめてベアトリスのそばまで行こうと立ち上がろうとして、躓《つまず》き、床に這いつくばる。すると、誰かがそれを引き起こしてきた。

(お父様!)

現れたのは父だった。視線を合わせ「静かに」の合図で指を立てたあと、カティヤを抱き上げた。そうしてベアトリスの手を引いて、煙から逃げるように、三人は地下室までやってきた。

「よく悲鳴を上げなかった。いい子だ、カティヤ。ベアトリスも」

違う。声が出なかっただけなのだ。カティヤはいい子ではなく、ただの臆病者だ。今こんな褒められ方をしても嬉しくなくて、首を横に振った。

焦燥が消えないカティヤを落ち着かせるように、父が肩を優しく叩く。

「中で何を見た? ゆっくり呼吸をしてから話してごらん」

「あっ、あの……叔父様が……お母様とアンセルムを……私、動けなくて、助けにいけなくて、ごめんなさいっ、お父様……ごめんなさい」

よき姉でいられるように誓ったのに、何もできなかった。ただ怯えて見捨てることしかできなかった。なんて酷いことをしてしまったのだろう。二人はまだ生きているかもしれないのに。

「お前は何も悪くないよ。大丈夫だ。二人のことは私が助けに行く。だからお前は先に逃げなさい」

「いやです、お父様。……私は行けません」

カティヤは泣きながら父に縋り付いた。

「だめだ。いいかカティヤよく聞け。我が弟が謀反《むほん》を起こした。今この離宮はとても危うい状況だ……っつ」

そこで父は自分の脇腹を押さえはじめる。黒い上着を着ていたから気付かなかった。押さえたそのあたりが、濡れているように見える。そして、父の手も赤く汚れていた。

「お父様、お怪我を……」

父の服から、血が滲み出ていた。怪我をしているのだ。どれくらい傷が深いのかわからないが、戻って母や弟達を助けに行ける状況でないことだけは確かだった。

「私は大丈夫だ。それよりも、この先に通路がある。ベアトリスと一緒に行きなさい」

父は行動に移すよう促してくる。地下にある食料庫の棚の先には、暗い通路が姿を見せていた。

「嫌です。お父様といます。アンセルムを助けに行きます。今度こそ……」

今のままではアンセルムの姉失格だ。それに怪我を負った父を行かせることがどうしても嫌だった。

こんな状況で困らせたいわけではないが、いつもは簡単に言えるはずの「はい」をどうしても言うことができない。

「カティヤ、今のお前は足手まといにしかならない。それより別の役目を引き受けてくれ」

そう言って父は自分の指に嵌めていた金色の指輪を取ると、カティヤの手のひらに置き、ぎゅっと握らせてきた。

「この指輪は、鍵だ。とても重要なものが隠してある。だからこれを簒奪者《さんだつしゃ》に絶対に渡してはならない。愛しい我が娘よ、行きなさい。……ベアトリス、カティヤを頼んだよ」

父は最後にカティヤを強く抱きしめたあと、強引に隠し通路へと追いやった。

カティヤも決断するしかなかった。指輪をエンシオに渡さない。たったひとつのことだけを考える。

片方の手で指輪を握りしめ、片方の手でベアトリスの手をしっかりと握り、カティヤは暗闇の通路に向かって歩き出した。

通路の出口は、木こりの小屋のように偽装された場所だった。小屋の中に粗末な外套《がいとう》があったので、ないよりましだろうとそれを羽織り、すぐにその場をあとにした。

離宮からなるべく目を背け、炎の明かりの届かない深い森へと進んでいく。

「──逃げた奴がいたら、一人残らず捕まえろ」

木々のあいだからそんな怒声が聞こえてきて、少女二人を怯えさせる。

逃げ出した人物が誰なのか、まだ特定されてしまったわけではないようだが、確実に追っ手はいる。

エンシオの計画はかなり周到だったようで、離宮の外の警備も機能していないようだ。外に出れば助かると思っていたカティヤだったが、考えが甘かった。

でもまだ気付かれていない。

「公女様……離宮が燃えてしまいます。大公様やお妃《きさき》様、アンセルム様は大丈夫でしょうか？」

「ベアトリス、あなたのご両親とサムエルは？」

ベアトリスの母はカティヤの乳母であり、彼女の父や兄も大公家に侍従として仕えてくれている。全員離宮に一緒に来ていた。

「わかりません。はぐれてしまいました。サムエル兄様は逃げ足が遅いから……大丈夫かしら？」

「ごめんね、ベアトリス……」

大公家に関わっていなければ、ベアトリスの一家はこんなことに巻き込まれなかっただろう。

「謝らないでください、公女様。森を抜けて早く助けを呼びましょう。そういえば兄様は、運だけはよいのでした。きっと上手くどこかに隠れているはずです」

「そうね。それにまずはお父様に託された指輪を、どうにかしなければいけないわ」

父は守れとは言わなかった。いつ追っ手に捕まるかわからない状況だ。エンシオの手に渡ることを防ぐためには、所持していないほうがいいだろう。

もし追っ手に見つかり捕らえられたとしても、指輪だけは渡したくなかった。それが自分の使命だから。

最初は土に埋めようと考えたが、掘り返しのあとを偶然発見されてしまわないとも限らない。夜が明けないうちにと、森をさまよいながら指輪の手放し方を考えた。

そんなカティヤの行く先を阻んだのは、深い深い谷だった。

「公女様、危ないです!」

暗闇で危うく踏み外し、転落してしまうところをベアトリスが気付いて止めてくれた。

「ありがとうベアトリス。あなたは私の命の恩人よ」

そうしてカティヤは落下寸前だった谷を見下ろす。ふと、ここにたどり着いたことに意味があるような気がしてしまった。

「ベアトリス、ここにしましょう。この谷に投げ入れてしまえばいいわ」

「公女様……でもこの谷はまるで奈落に繋がっているように思えます。……もう一度戻ってくることができるでしょうか?」

再び取り戻す時のことを考え不安そうなベアトリスだが、カティヤはそれをきっぱりと否定した。

「いいの。あの男の手にさえ渡らなければ、それでいいの。隠すのではなく捨てるつもり」

倒れた母と弟、それに護衛もすでにいない状態で離宮に残った父――。激しく炎上していた建物を目の当たりにして、昨日までそこにあった日常はもう戻ってこないのだとわかっていた。

指輪を投げ捨てたあと、いっそこの谷の底に自分も落ちてしまえばよかったのではないかと考えてしまう。

「公女様……もう行きましょう」

ベアトリスが手を握ってくれたから、そんなばかな考えはすぐに打ち消す。

それから、カティヤとベアトリスは数日間森の中に身を潜めていた。しかし苦労知らずの娘二人は、その場所で生き延びる術など持っておらず、すぐに限界がやってくる。

決断が、あと少しでも早かったら。あとになって何度後悔したかわからない。

森から出て町を目指しはじめてすぐに、二人は人買いのならず者達に捕まってしまった。

すでにぼろぼろになった状態だったせいで、身分がばれることはなかったが、劣悪な環境に置かれたベアトリスは生きながらえることができなかった。

「……あなたに私の名前を差し上げます。だから、あなた様は生きてください。私の分も、どうか」

それが乳姉妹の最後の言葉だった。

彼女は本当の名前を名乗ることができなくなったカティヤに、ベアトリスという名前を与えてくれたのだ。

十年前の出来事をラウノに語り終えて、最後に一言こう添える。

「だから、私の名前はベアトリスなんです」

「そうか……では私はその名前を守ってみせよう。君が望む限り」

◇◆◇◆◇

ラウノが二枚の細長い紙を無造作に置いて見せてきたのは、お茶会の日から数日が経過したある朝のことだ。

「なんでしょうか？　これは。……演劇のチケットですか？」

ベアトリスはそこに書かれている内容に目を通す。

どうやら今夜上演される公演のチケットのようだ。

「純粋なデートの誘いだ」

ラウノが澄ました態度でそう言うから、ベアトリスには純粋なデートではない誘いだとわかった。

ひねくれ者の彼は、本当のデートの時は何食わぬ顔でデートだと言わない。昔、リボンを買いに行った時もそうだった。

「デートに連れていってくださるのは、とても嬉しいです。ええ、とても。さっそくプランを教えてください」

これがもし演劇の審査だったら間違いなく不合格であろう、心のこもっていない口調でベアトリスは言った。

「……これはオデアン家が出資している劇団が上演する劇だ。今夜はこの演目の最終公演で、オデアン家の当主と娘、加えて娘の婚約者が観劇予定だという情報が入った。遠目からになるかもしれないが、まず例の者の顔を確認できるだろう」

「でも、私達が堂々と出向いたら、警戒されてしまうのでは？」

場所は立派な劇場だ。そして自分達は反感を買っているとしても、今この土地で一番身分の高い者ということになっている。

総督夫妻が観覧にやってきます。……と言ったらそれなりの対応をしなくてはならないだろう。オデアン家が出資しているのなら、把握されて接触を避けられる可能性もある。

ベアトリスがそんな心配をしていると、ラウノはチケットの座席の部分を指して言う。

「このチケットの座席は貴賓用ではない。一般向けに売り出されているものだ」

「では身分を隠して、ということですね。……変装をするつもりなんですか？」

ベアトリスはようやくこの計画にわくわくしはじめた。十年前、まだ暗部にいた時のラウノと偶然出会ったのだが、それ以来彼が「任務」をこなしている姿は目撃していない。ただの使用人として働いていたベアトリスが、一緒に計画に参加する機会などあるわけもなかった。

今回はただ劇場に劇を見に行くだけなのだが、潜入捜査のような気分になる。

「大げさに捉えるな。あえて名乗りもしないが、隠れもしない。……まだ私達の顔を知っている者は少ないから、他の観客に溶け込めば誰も気付かないだろう」

「お忍びデートですね。ラウノは髭をつけてみたらどうでしょう？　私はかつらをかぶってみたいです」

さっそくどの服を着ていこうかと悩みはじめたベアトリスのことを、ラウノは観察するように見つめていた。

「楽しそうだな」

そう言って向かいの席に座っていたラウノは立ち上がり、ベアトリスに近付いてくる。

彼はそのままそっと手を伸ばしてきて、ベアトリスの目の下あたりに触れてきた。

「いつもより、化粧が濃い」

誰かが聞いたら、余計なことを平気で言う夫だと誤解されてしまうだろう。

しかしこれでもラウノは、妻のことを気遣っているのだ。

過去と弟のことを考えることが増えたベアトリスは、寝不足気味だった。目元に疲れが出ていたし、なんとなく肌の調子もよくないような気がして、ごまかすために化粧が厚くなってしまったのは事実だ。彼はそれを気にしている。

「私は元気ですよ。図太く生きていますから」

「そうだったな」

ベアトリスが軽い調子で笑ってみせると、ラウノは納得したように頷いた。


日中のあいだはラウノから休息命令が出たので、部屋で大人しくしていた。

午後のお茶の時間を終えてから、劇場へ向かう準備をはじめる。夜の装いなので適度にドレスアップしなければならない。

しかしあまり目立ってもいけないので、ベアトリスは落ち着いて見える深緑色のドレスを選んだ。それに小粒のパールにカメオのペンダントトップがついた首飾りを合わせる。

ラウノには濃いグレーのスーツを着てもらいハットをかぶせる。これで、そこそこ裕福そうな善良なる一般市民夫婦のできあがりだ。

二人が劇場に到着したのは開演の少し前で、すでに座席は半分以上埋まっている状態だった。

自分達の座席まで歩きながら周囲に目を向けてみたが、誰もラウノやベアトリスには気付いていない。上手く溶け込めているようだ。

ベアトリスは支度中に、ラウノに髭をつけてみてくれとせがんだが、彼は好きではないようで頑なに嫌がった。それならばと、ベアトリスが度の入っていない眼鏡を手渡すと、それはかけてくれた。

そしてベアトリスのほうは黒いかつらをつけようとしたが、これは似合わないからと、ラウノに止められてしまった。

「こうしていると、商い上手の商人か学者さんのように見えます」

席を見つけ着席したあと、ベアトリスはそんなことを口にした。いつもと違う雰囲気のラウノが新鮮で、素敵に思えたのだ。

ラウノは傭兵上がりの軍人だったので身体は筋肉質だが、全体的に細身だ。服装で上手く隠せば、軍人らしさも目立たなくなる。

「あなたは何を着てもかっこいいです」

ベアトリスが素直に賞賛すると、ラウノは嫌そうな顔を向けてきて無視を決め込んでいた。

彼は本当に照れ屋なのだ。

「……目当ての人物は、右の貴賓用ボックス席を使うだろう」

まだ幕は上がっていないが、ベアトリスは観賞用の双眼鏡を取り出して無邪気に試すふりをしながら、グラスを覗いた。

この双眼鏡は事前にラウノがベアトリスに預けてくれたものだが、仕掛けがあり、遠目からではわからない程度にレンズが斜めについている。そのため正面を見ているようで、見える視界は外れることになる。

これなら劇を鑑賞するふりをして、違う場所を確認することができるのだ。

その双眼鏡が上手い具合に右のボックス席を捉えてくれた。人が奥で動いている気配はあるが、顔が判別できない位置にいる。ゲストなのか、給仕係が貴賓を迎え入れるための準備をしているのかわからず、とりあえず双眼鏡から目を離す。

「位置は、よいようです」

「そうか」

ベアトリスは使い心地の報告をして、それ以上はなるべく見ないようにした。不自然にならないよう、ただ観劇を楽しみにしている人間を装う。

今日の演目や出演する俳優のこと、事前に調べておいた内容を二人で話して、開演を心待ちにするふりをした。

「ヘレンさんからの情報によると、王子役はとても素敵な新人俳優だそうです」

「……それがどうした？」

しかし思い起こしてみれば、ラウノと何でもない雑談のやりとりが成立したことなどほとんどなかった。一往復で沈黙が訪れてしまう。

しかたがないので、黙ってそのまま待つ。間もなくして開演のベルが鳴り、進行役の男が裾から現れ挨拶をしたあと、ゆっくりと幕が上がっていく。

演目は、スヴァリナ地方に伝わる古典。王子と敵対する国の王女の物語だ。

好奇心旺盛な姫がお忍びで城下を散策していると、同じくお忍びで旅をしていた王子と出会ってしまう。二人は心を通わせ合うが、互いにいつまでも偽りの姿ではいられない。

「いつか迎えにきます」という言葉とともに「約束」が花言葉になっている一輪の花を渡し、再会を誓って王子は去ってしまう。

そして一年後、あるべき姿で残酷な再会を果たす。王女が和平の証として、王子の父王の後妻としてやってきたのだ。二人ともすぐに自分の思い人であると気付くが、時はすでに遅い。父王も美しい王女の虜《とりこ》になり、あとは全員で転落していくことになる。

今日でなければじっくり集中して鑑賞したかったが、ベアトリスは上映中、何度も双眼鏡を覗いてはボックス席を確認していたので、楽しむことはできなかった。

はじまってすぐに、リーズベットが席にいることは確認できた。そして、彼女の父親らしき男性も。しかし一番の目当てである彼女の隣に座っているだろう婚約者は、ちょうどカーテンの影が落ちる場所にいるようで、はっきりと顔が確認できなかった。

思い通りにいかなくて、ベアトリスの中では苛立《いらだ》ちが募ってしまう。

この物語は、悲劇だ。舞台からは、王女の悲鳴のような嘆きが聞こえてくる。観客は共感し、涙する者もいた。

そして舞台はフィナーレを迎え、会場は大きな拍手に包まれる。

ベアトリスは余韻に浸ることなく、巡ってきた機会を見逃さなかった。

ボックス席を確認すると、リーズベットの隣に座っていた人物が立ち上がり、演者達に賞賛の声と拍手を送ったのだ。

はっきりと見えた。リーズベットの隣にいる青年の姿が。

線の細い体躯《たいく》で髪は金髪だった。一瞬だけではあったが、手の叩き方ひとつ取っても品のある所作をする人物だとわかった。

一度、会場に響く拍手の量が減った。その直後、青年が手すりぎりぎりまで前に出てくると、再び歓声と拍手が鳴り響く。

「公子様！」

「公子様がいらっしゃる！」

後ろの席から、感極まったような声が飛んできた。あの高い場所にいる青年のことを、皆が注目しているのだ。

ベアトリスは双眼鏡を下ろして、肉眼でその様子を確認した。

ボックス席にいる青年は観衆の声に応えるように手を振りはじめ、リーズベットは隣で嬉しそうに見守っている。

ここはオデアン家と繋がりがある劇場で、いわば敵地だ。そしてこれが、今のスヴァリナの実態だった。

カルタジアの国王が熱心に動き、わざわざラウノを……そしてベアトリスをこの地に向かわせたほど、抱えている問題は根深いものなのだ。

ここにいる人達は、大公家の復活を願っている。成功した劇と同等の歓声に違和感を持ち、ベアトリスは小さく首を横に振った。

そして、ラウノの耳元に顔を寄せる。

「似ている……けど……わかりません」

本物か偽物か、どちらとも確信が持てない。もしアンセルム本人であれば、一目見たら何か通じ合える気でいた。心が喜びで満たされると思っていた。でもベアトリスの感情は落ち着いたままだ。

自分の記憶と肖像画で確認したあの六歳の姿を、もう一度思い浮かべる。もしアンセルムが成長したら、確かに彼のような男性になっているかもしれない。

でも、心が動かないのだ。

「少し、考えを整理する必要がありそうです」

「そうか」

結論を焦ってはいけない。

大公家の子ども達は、ほとんど顔を知られていなかった。それなら公子によく顔の似ている青年を偽者に仕立てるのは困難だ。現時点では本物の可能性も捨てきれない。だとすると、十年という月日がベアトリスを無情にさせてしまったのだろうか？

観客の退場の流れに沿って、ベアトリスは、ラウノと腕を組んで劇場の出口に向かった。ロビーは、今日の公演に満足しながら帰路に向かう人達で、混雑している。

素直に出口に向かう者も多かったが、立ち止まって話し込んでいる者もいる。

その人混みを縫うように歩き、あと少しで出口にたどり着くという時だった。

「――総督、お待ちください！」

背後からラウノを呼び止めてきたのは、公子と名乗るあの青年だった。

「誰だか知らないが何用だ？　私は今、妻と貴重な休日を過ごしているのだが」

まさか青年のほうから呼び止めてくるとは思わなかった。ベアトリスは動揺を隠して平静を装った。

どうやら相手は、総督が来ているとわかって声をかけてきたらしい。一緒に観劇していたリーズベットが気付いたのかもしれないが、彼女は近くにいなかった。

青年は慌てて追いかけてきた様子で、わずかに息を乱している。

近くで顔を見ると、ますますアンセルムの顔立ちに似ていた。

青年の首には細い鎖がかけられており、胸のあたりで、その鎖に通された金色の指輪が光っていた。……これは例の指輪だろうか。一見では、ベアトリスの記憶にあるもの……そして先日見た資料のものと確かによく似ている。

青年はラウノに気圧され、すっかり萎縮してしまったようだ。胸の苦しさを表すように、つけていたペンダントを握りしめた。

「申し訳ありません。ただ、私は……」

ただ、自分の存在を認めてもらいたい。そんな必死さが伝わってくる。

ベアトリスをひやひやさせたのは、幾人か通りすがりの人達がこちらに視線をやったせいだ。青年はさっきまで観衆の注目を浴びていた人物だ。気付かれないわけがない。

威圧的に睨んでいるラウノと、うつむいてしまっている青年。どちらが悪者に見えるかは明らかだった。

できればすぐにここから立ち去りたい。

でも今、青年は直接会話を交わせる距離にいる。彼は偽物か本物か、いつまでも惑わされず結論を出してしまいたかった。

ベアトリスが方法を考えあぐねていると、偶然にも立ち止まった場所のすぐ横にある柱に、次回から上演される演目の宣伝が出ていた。

その張り紙を見て、ベアトリスは思い切って自分から話しかけた。

「……今日の劇はとても素晴らしいものでしたね」

ベアトリスが声を発すると、青年は顔を上げた。相手からすると、この状況で突然劇の話を振られて驚いたのだろう。

でも外で会えば天気の話をするように、劇場で会えば劇の話をすることはおかしいことではない。場を和ますための社交辞令を装って、ベアトリスは一方的に続ける。

「次回の上演は、『眠りの竜と姫君』というお話なのですね？　私は偶然このお話を本で読みました。あなたはもう読まれました？」

「いえ、上演までには一度読もうと思っていますが……忙しくてなかなか。子ども向けの本や大衆向けの本より、経済学の本や歴史書を優先してしまいがちで」

「とても勤勉家でいらっしゃるのですね」

ベアトリスは、心にもないお世辞を言った。白けた笑みが相手にも伝わってしまったのだろうか、青年は慌てた表情になる。

「で、ですが！　今日の演目と同じく、悲しい結末の物語だと聞いております。この劇団は悲劇を演じることが得意な役者が多く、評判がいいんですよ。きっと新作も素晴らしいものになるでしょう」

ベアトリスはその答えを聞いて静かに目を閉じた。そうして、ゆっくりと開くとラウノに視線を移す。

「ラウノ、お腹が空いてしまいました。そろそろ行きましょう」

ベアトリスは、わがままな気分屋のふりをして会話を終わらせた。もうこれ以上青年のために時間を割く必要はなかった。

「……私は悲劇より、『そうして、幸せに暮らしました』で終わるお話のほうが好きです」

最後に青年にそれだけ言い残し、ベアトリスはラウノを急かすようにして出口へ向かう。

青年は、ベアトリスが放った言葉の意図などわからず、きょとんとしてそこに立ったままだった。

会場を出て、青年がついてきてはいないことを確認すると、我慢していた怒りが込み上げてくる。

「おい、歩き方がおかしいぞ」

着ているワンピースのスカートは、外出用に少しだけ短く、靴がしっかりと見えているものだ。

もしも夜会用のドレスだったら上手く隠れていたかもしれない部分も今日は隠してはくれない。そしてつま先が外側に向いた乱暴な足取りは、ベアトリスの怒りの表れだ。

「あれはアンセルムではありません!」

「どこでわかったんだ?」

「次回の上演作品です。『眠りの竜と姫君』というのは、……その、ちょっと恥ずかしいのですが、私が子どもの頃に作ってアンセルムに聞かせてあげた話なんです。文字に書き起こしてもいないお話でした」

「それが、どうして劇になるんだ?」

「そこまではまだわかりません。私は最初、アンセルムが書いたのかと思っていました。でもそれにしては結末が違うのは不自然だと思っていました。そしてさっきの人は、物語をかいつまんでしか知らないようでした。あれはアンセルムではない。それだけは確かです」

時に人の記憶は塗り替えられてしまうこともあるし、覚えている部分とそうでない部分だってある。

でもあの青年は偽物だ。本物のアンセルムなら、子ども向けや大衆向けの本と、経済学の本を比べて優劣をつけたりしない。父と母は教育に熱心だったが、芸術や文化についても同様に大切にする人達だった。

ベアトリスの記憶も、勘も、「彼は違う」と言っている。

「そうか。だが、顔が似ていることは偶然ではないだろう。ある程度情報を持っている者が関わっているのは間違いないな」

「ええ、そうですね。だから余計に怒りが増します」

むごいことをする人がいるものだ。

アンセルムはあの夜、命を落とした。やはりそれは揺るがない事実だ。

なのに名前を勝手に使い、人々を扇動しようとしている。

「大丈夫だ。君の大切な思い出を踏みにじる不届き者を許しはしない。君が今感じた痛みを何倍にも増幅させ、きっちり返してやろう」

ラウノが凶悪な顔でうっすらと笑っていた。これはベアトリスが引き出したかった、純粋な笑顔のカウントにはならないが、悪巧みを考えていそうな夫の存在が頼もしかった。

——数日後、総督府は「アンセルム公子」の生存を認め、彼に一部の財産を返却する意思があるという声明を出した。

9　別に君のためじゃない

冷酷と評判のラウノ・ルバスティがスヴァリナ総督に就任したからには、権力でねじ伏せるような統治が行われるものだろうと、誰もが思っていたに違いない。

しかし彼のとった政策は、思いの外スヴァリナ人に対して融和的なものだった。

それを象徴したのは、旧大公家への財産の返却と、新しく当主となる人物を、総督の顧問として招きたい意思を表明したことだ。

現在、ラウノが決めたその方針のせいで、総督府はピリピリとした雰囲気に包まれている。

しかし当の本人は、この状況を楽しんでいるようだ。

「ベアトリス、世間では私がなんと言われているか知っているか」

ある日のお茶の席で、ラウノはそう問いかけてきた。

「ええっと……噂に聞くほどではなかった……でしょうか？」

「それだけではない。スヴァリナ人からは、『阿呆でよかった』『愚かな敗者』。カルタジア人からは『日和見《ひよりみ》主義』『歴代最低の総督』などとも言われているらしい」

完全に侮られているような評判を、ラウノは不遜な顔で自分から披露してくる。

ベアトリスは感心してしまう。自分だったら、周囲の評判というものを気にしてしまい、誤解を訂正したくなるだろう。いや、実際にそうなりかけている。

お互いに口にはしなかったが、世間の評判のうち夫婦としての自分達に向けられたものも当然ある。

『総督は、スヴァリナ出身のわがままな妻の言いなりになっている』

というものだ。つまりスヴァリナ人の妻に溺れ、誘導され政策を変えてしまっていると思われているのだ。

計画のためにしかたないとはいえ、ベアトリスにとっては嬉しいものではない。スヴァリナに来てから、総督夫人としての役目を果たそうとしてきた努力が水の泡になってしまった。

でも少しのあいだ我慢することにした。なぜなら、これは彼が仕掛けた罠のはじまりだからだ。

「私はあなたのことを、ちょっと意地悪な人だと思っていますよ」

ベアトリスがつい本音を口にすると、ふんと鼻を鳴らしていた。怒っているのではなく得意気になっているのだ。

妻から意地悪だと言われても気にしない夫は、本当にひねくれている。ただ、これも自分のためにしてくれているとわかっているから、ベアトリスは少し意見を修正することにした。

「でも……このやり方、嫌いじゃありません。私のためにありがとうございます」

「別に君のためじゃない。むしろこちらが利用しているだけだ。だが、私が何をするつもりなのかわかっていて礼を言っているのなら、君も相当意地が悪い」

「それは、一番近くにいる人に感化されたからでしょう」

「似たもの夫婦というわけか」

「私など、まだラウノの足下にも及びません」

偽公子に対して身分詐称で拘束、断罪することは簡単にできる。それが総督府としての正しい方法だ。

ただ、今の状況でそれをしても「カルタジアの都合が悪いから事実を隠匿した」と反発されてしまうのが目に見えていた。

だからラウノは一度公子の立場を認め、公の場に引きずり出してから言い逃れできない証拠を突きつけて、引きずり下ろすつもりなのだ。

二度と偽りの公子が現れないよう、スヴァリナの人達の前で堂々と、そして徹底的に正体を暴くつもりだった。

この計画が上手くいけば、反カルタジアを掲げる有力者の力を一気に削《そ》ぐことができる。一度上げて、地獄まで叩き落とすという残酷な作戦なのだ。

そのために彼は今、水面下で証拠固めに奔走してくれていて、本来ならこうしてベアトリスと一緒に食事をとることも難しいくらい忙しい。

それでもわざわざ時間を設《もう》けているのは、きっと妻に夢中な総督を演じているからなのだろう。だったら妻である自分も、それに協力するしかない。

お茶を一杯飲み終えた頃、ベアトリスは席を立ってラウノの膝に座った。

「何だ、急に」

「夫に甘えるのは、妻の権利でしょう？」

そう言って、彼をぎゅうっと抱きしめる。

ここは私的な部屋ではあるが、人払いはしていない。出入りしている侍女が「忙しいのに、昼間からいちゃいちゃしている総督夫妻」を目撃することになる。

騙しているようで胸は痛むが、敵を欺くには、まず味方からだ。

ラウノ直属の部下や、ルバスティ家から連れてきた使用人は少ないから、見聞きしたものを誰かに漏らす人間もいるだろう。この際、それも利用する気だった。

すべては作戦のための演技。計画のための印象操作が再始動していた。

ベアトリスはラウノの頬に、ちゅっと口付けをする。ちょうど侍女がお茶のおかわりを運んできてくれたところだった。そのせいで、ラウノは嫌がって身体を強ばらせた。

「おい」

「だめです……」

顔を背けようとするから、ベアトリスはすかさず彼の頬に手を当てて、自分のほうへと引き戻す。それからもう一度キスを贈り、しなだれかかるように彼の鎖骨のあたりに顔をうずめた。

チッと舌打ちの音が聞こえてきたが、同時に背中に手を回してきたから本気で嫌がってはいないようだ。

（口さえ閉じてくれれば、紳士なのに……）

でも、口が悪いラウノを好きになってしまったのだからしかたない。ベアトリスは計画に便乗して、自分の英気を養うために夫に存分に甘えていた。

しばらくすると、部屋にある柱時計が一時間ごとの鐘を鳴らしてくる。そろそろラウノは執務に戻らなくてはならない時間になっていた。

「私、このあとは書庫に行こうと思っています」

ベアトリスは、抱きついていた身体を離して、これからの予定を口にした。

「ああ。くれぐれも一人にはなるな。……今は特に人手不足だからな」

「わかっています」

ラウノは今までの経歴から、総督府より軍との繋がりが深い。特にカルタジアから一緒に移動し、スヴァリナ駐留軍に加わった者達への信頼は厚かった。

いつもならそんな彼らに警護を担当させているのだが、今、そのほとんどが総督府を離れている。残っているのはベアトリスの専属護衛のキーナくらいだ。

これは、ラウノが一部の者に極秘任務を与えたためだった。

「あの……例のものは？」

ちょうど、近くに侍女がいなかったので、小声でその極秘任務の経過について尋ねてみる。

それはベアトリスがカティヤだった時に谷に捨てた、指輪の捜索だ。

当時を思い返し、捨てたであろう谷の場所までは把握できたのだが、範囲は決して狭くはない。谷の底まで行き、石ころより小さな物体を探すという途方もない任務を、ラウノは命じてしまったのだ。

ベアトリスには見つかるとは思えないのだが、ラウノの見立てでは、古い時代の金貨が時折出土することを考えれば、可能性は十分あると言う。

「まだよい知らせは届かないが、見つけるまで帰ってくるなと言ってある。きっと死に物狂いで探し出すだろう」

「本当に申し訳ないことをさせてしまって……戻ってきたら皆さんになんとお礼を言ったらいいのか……」

手放したことは後悔していない。もし肌身離さず持っていたら、奴隷として売られそうになった時に取り上げられてしまっていただろうから。それでも、もう少し見つけやすい場所に隠すべきだったと反省する。

しかし、ラウノは気にした様子を見せず平然と言う。

「戦闘や訓練よりましだと、連中も喜んでいることだろう」

ラウノは人使いも荒いらしい。命じられた人達が無事に戻ってきたら、ベアトリスは個人的に皆にお礼をしなければと考えた。

◇◆◇◆◇

ラウノとのお茶会を終えたあとは、彼に伝えた通り総督府の中にある書庫に向かおうとした。ベアトリアスは自分にできることを考え、指輪の秘密が書かれた書物がないか、宝物庫や書庫で資料を集めているのだ。

大公家の遺物の多くは当然スヴァリナ語で書かれているので、言語に明るい限られた人間にしかできない役目だった。

廊下を歩いて行くと、少し前とは自分に向けられる視線が変わってしまったことに気付かされるが、気にせず護衛のキーナを連れて堂々と歩いていった。

書庫の手前まで来た時、ふと窓の外を見る。殺風景な中庭に、数人の男達が集まっていたのが気になった。

「何かしら？」

姿は文官のもので、衛兵の訓練でない。一人のことを複数の男達が取り囲んでいる。そのように見えた。

「喧嘩でしょうか？　私が行って止めてまいります」

キーナが真っ先に動こうとしたが、ベアトリスはそれを制した。

「兵士ではないみたいだから、まず私が声をかけてみるわ」

二人で近くの出入り口から中庭に出て、壁のあたりにいる男達に近付いていった。何やら穏やかではない声が聞こえてくる。

「調子に乗るなよ。お前は情けで拾ってもらっただけだろう」

「さっさと出て行って、アンセルムとかいう奴の犬になればいい」

「いや、むしろもうすでにあっち側なんじゃないか？　おい、白状しろよ」

一人の男が正面にいた人物の胸ぐらを掴み、そのまま相手の身体を壁に押しつけはじめる。

乱暴なことをされ「ぐっ」と、苦しそうなうめき声を上げたのはオーベンソンだった。

「おやめください。何をなさっているのですか？」

ベアトリスは急いで距離を詰め、止めに入った。状況は問いただささなくともわかる。昨今の総督府内での問題が露見しているのだ。

アンセルム公子の立場を認めたラウノの判断への反発が、この総督府内にいる数少ないスヴァリナ人に向いている。

ベアトリスは自分だけ少しのあいだ我慢すればいいのだとばかり思っていたが、甘かった。

ひるまず睨みつけると、さすがに男達はオーベンソンへの攻撃をやめた。

突然押さえつけられていた状態から解放されたオーベンソンは、力なく尻もちをついてしまう。

「これはこれは、総督夫人。同郷出身者への贔屓が過剰なようで」

「何をおっしゃっているのでしょう？　一対三で乱暴なことをなさっている姿を目撃したら、相手がどなたでも私は止めます。総督府内でこのような行為は許されません。……オーベンソンさん、大丈夫ですか？」

ベアトリスは男達の隙間を縫って、オーベンソンに手を差し伸べる。彼らはベアトリスまで相手にする気はないようで、文句を言いながら消えていった。

「行かせてよいのですか？」

キーナに確認され、ベアトリスは軽く頷く。

「総督府にいる人達の顔と名前は、もう覚えています」

報告し、処罰が必要ならラウノが適切に対処するだろう。ベアトリスは総督夫人という肩書きだが、あくまでも総督であるラウノの妻というだけであって、機関内で何の権限も持っていない。

社交と慈善事業での役目はあるが、勝手に処罰などできないのだ。だから立ち去る者を引き留める理由がなかった。それより今は、オーベンソンのことが気がかりだ。

そのオーベンソンは、ベアトリスの手を取る前に自分の力で起き上がった。

「総督夫人、お恥ずかしいところをお見せしてしまい申し訳ありません」

「いいえ、何も恥ずかしいところはありません。むしろオーベンソンさんに謝らなければ……」

本来なら、彼らの敵意は自分に向けられるはずだった。だがベアトリスは立場があるから守られ、代わりにスヴァリナ人というだけでオーベンソンが被害に遭ってしまったのだ。

予測すべき事態だった。ベアトリスは、事前に防げなかったことへの悔しさを滲ませる。

「総督夫人、そんな顔をなさらないでください。……立派な騎士であればさっさと撃退できたものを……私はどうも争ったり競い合ったりすることが苦手でして」

オーベンソンは自分が被害者だというのに怒りもせず、優しい口調でそう言った。

(あれ……どこかで?)

同じことを、前に誰かが言っていた気がする。――誰が?

不思議な感覚だ。確か初日に目が合った時にも感じた。やはり彼とはどこかで接点があるのかもしれない。

ベアトリスはじっとオーベンソンを見つめた。彼の瞳の色は濃い茶色だ。

「総督夫人、どうかなさいましたか？　ご気分が優れないのでは？」

「い、いえ、私は元気です。それよりオーベンソンさん、お怪我はありませんね」

ベアトリスは見つめてしまったことをごまかすように、彼が怪我をしていないか確認しはじめた。すると着ていたシャツの合わせの一部が、開いてしまっていることに気付く。

「大変、シャツのボタンが取れてしまっているようです。………傷、が？」

オーベンソンの乱れたシャツの隙間から、彼の顔や首のあたりとはまったく違う肌の色が見えた。薄茶色のただれたような痕だ。気付いたオーベンソンが胸の前で自分のシャツを掴んだので、すぐに隠れてしまうが確かにあった。

彼の服はほとんど汚れておらず、血の痕もない。胸の傷は、今負った傷ではなかった。

「……火傷《やけど》の痕、なのですか？」

つい口にしてしまうと、オーベンソンが悲しい顔をする。

サウル・オーベンソンという名は知らない。こんなひょろっとした姿の男性も知らない。でもあの夜離宮にいた者で、かつて「争いごとが苦手」と、ベアトリスの前で口にした人は確かにいた。

「……サムエル。あなただったのですね」

記憶が繋がっていく瞬間だ。理解できたら、どうして今まで気付くことができなかったのか不思議なくらいだ。

サムエル・シモア。彼は本物のベアトリスの兄で、十年前はふくよかな体型をしていた。体型はもちろんだが、痩せたことで顔つきもかなり変わってしまったから、今まで気付けずにいたようだ。

彼の父親は大公家の侍従、母はカティヤの乳母だった。乳母達はサムエルには騎士になって欲しかったようだが、本人は苦手だと言って侍従見習いとして父親の補佐をしていた。あの夜も当然、一緒に離宮に来ていたのだ。

答えがわかった瞬間に、懐かしさと贖罪《しょくざい》の気持ちが込み上げてくる。

オーベンソンはそんなベアトリスを前に、戸惑っていた。唇を動かしかけたあと躊躇する素振りを見せる。キーナの存在を意識しているようだ。

彼女の前でサムエルであることを肯定していいのか、判断できずにいるらしい。

「彼女は大丈夫です。知っていますから」

隠さなくてよいと伝えると、オーベンソンはほっとした様子を見せた。今までそれだけ人を警戒して生きてきたのだろう。

「総督夫人となって現れたあなたの姿を見た時は、本当に驚きました。お互い名前も容姿も随分変わりましたね。……いえ、あなたが変わったのは名前と髪色くらいでしょうか。私はごらんの通り火傷の後遺症で、今のようになりました」

オーベンソンの容姿が変わってしまったのは、素性を隠すために意図したものではなかったのだ。そこに彼の苦労がうかがえる。

「ベアトリス様……あの、この方は？」

ベアトリスとオーベンソンの会話が途切れたところで、キーナがそっと尋ねてくる。

「私の友人であった本物のベアトリスのお兄様です」

「では離宮の事件での生き残りが、ベアトリス様以外にもいたということですね」

確認されたオーベンソンは、急に頭を下げてきた。

「シモア家の名では生きづらく、偽名を使っていたことをどうかお許しください」

彼が謝ることはないと、ベアトリスは慌てる。むしろ謝罪が必要なのは自分のほうだ。

「それは、私も一緒です。……それに私も偽名を使ってきました。あなたの大切な妹の名を使っていることを、どうかお許しください」

ベアトリスも許しを請うように頭を下げたがその時、どこかから話し声が聞こえてきた。

誰かが近くを通りかかろうとしているのだ。不審に思われないよう、すぐに顔を上げた。

「オーベンソンさん。また、今度ゆっくりお話ししましょう」

ベアトリスは最後にそう言って、オーベンソンと別れる。建物の中に戻り、キーナと二人で書庫を目指した。


その日の書庫では、情報の収穫はなかった。もともと簡単に調べられるものではないのだが、それ以上にベアトリスが上の空だったせいもある。

オーベンソンがサムエルだったことを知り、これまでのこととこれからのことに悩みはじめてしまう。

(ラウノに、なんて話せばいいのかしら?)

伝えないわけにはいかない。オーベンソンは罪を犯しているわけではないが、偽名を使って総督府にいるのは確かだ。

そこを責められることになったらどうすればいいかと心配になってしまう。

ラウノとは、この日は夕食を別々にとることになった。

先に言付けがあったので、夜が更けるとベアトリスは彼を待たずに寝台に入った。しかし、なかなか寝付けない。

日付が変わる少し前に、寝室の隣にあるラウノの部屋から物音が聞こえてきた。彼が戻ってきたのだ。

それからしばらくすると寝衣に着替えたラウノが、そっと寝室に入ってくる。

話したいことはいろいろあるが、先に寝ていないと「夜更かしをするな」と怒りそうなので、寝たふりをすることにした。

寝台がわずかに軋み、隣にぬくもりを感じるようになる。こめかみのあたりから、頭部にかけてくすぐったい感触がした。きっとラウノが手を伸ばしてベアトリスの髪に触れたのだ。

そして、指よりもあたたかくて柔らかい感触が頬に届く。ラウノがベアトリスの頬にキスをした。

このまま寝たふりをして、もっと自分に見せない彼の思わぬ行動を知りたいが、どうにも口元が緩んでしまう。

「……ふふっ、お帰りなさい」

喜びのあまり笑いが漏れてしまったので、ベアトリスは目をパチリと開いて挨拶をした。

「――――！」

ベアトリスが起きていたことに気付いたラウノは、接近していた顔を遠ざけ驚く。

「い、言っておくが、寝たふりだということはわかっていた。……白状させるためにわざとしたんだ」

決して、眠っているベアトリスに内緒でキスをしたわけではない。彼はそう言いたいらしいが説得力はない。それでもベアトリスは「わかっています」とその主張を受け入れた。

「まだ起きていたのか。先に寝ろと伝言したはずだが」

「眠れない夜もあるのです」

「誰のせいで眠れないんだ」

ラウノはベッドに入ったが、上半身を起こした状態でベアトリスを見下ろしていた。

「オーベンソンさん……サムエルのこと、キーナから報告があったでしょう？」

「ああ」

ベアトリスは起き上がって、ラウノとなるべく視線が同じ高さになるよう座って彼に向き合った。

「サムエルの身分の偽称、見逃してください」

「……」

ぐっとラウノが睨んでくる。素直に受け入れてはくれないらしい。でもベアトリスは妥協できなかった。

「もし認めてくださらないなら、私も身分偽装になります。投獄しますか？」

むしろベアトリスのほうが罪は重い。ベアトリスだけが許されて、オーベンソンが許されないのは不公平だ。

「それは私を脅しているのか？　……もう少し、ましな方法を考えたらどうだ」

「……お願いします。彼は私の大切な友人の兄です。どうか見逃してください」

ベアトリスは寝台の上で姿勢を正して、深々と頭を下げた。

「それはそれでおもしろくない」

「ではどうすればいいの？」

真摯にお願いする以上に、まともな方法なんて思いつかない。横暴なラウノにだんだんと腹が立ってくる。

「しかたないな。条件がある。いついかなる時も相手のことをオーベンソンと呼ぶように。サウルだかサムエルだか知らないが、あれはただのオーベンソンだ。君とは過去に繋がりなどないのだから、親しげな呼び方など絶対にするなよ。いいな？」

「……はい」

これはつまり、ベアトリスがサムエルという名を口にして、彼のことを気にかけるのが気に入らないということなのだろうか。

「ラウノ」

「何だ？」

「呼んでみただけです」

ベアトリスがそう言うと、ラウノはふんと鼻を鳴らした。

「さっさと寝ろ」

「まだ眠くありません」

ベアトリスはそう言いながら、ラウノのほうへと近寄ってじっと顔を見つめる。

「なぜ、人の顔を楽しそうに眺めるんだ？」

「嫉妬してご機嫌斜めになっている夫の表情を、もっと見ておこうと思いまして」

「嫉妬などこれっぽっちもしていない。じろじろと見るな」

ラウノはベアトリスを拒絶するように、くるりと反対側を向いて眠る体勢に入ってしまう。

しかたがないので、この夜はベアトリスが彼を背後から抱きしめて眠りについた。

◇◆◇◆◇

半月後。

探していた指輪が発見されたという知らせが、ベアトリスの元に届けられる。

指輪の捜索を任された者達は、発見後まっすぐに届けに来てくれたため、服や髪が汚れている状態だった。

しかし全員が、清々しいまでの笑顔を見せてくれ、とても誇らしげでもあった。

「本当に……本当に……大変だったんですよ。途方もない捜し物でした。気が狂うかと思いました」

一人が素直に任務の大変さを語ると、横にいた一人はまた違った感想を口にした。

「私は楽しかったので、考古学者にでもなろうかと考えております。埋まっているかもしれないと、目の粗い網を持って……ササーッ、ササーッと、まるで海にいるような気分になれます」

「こいつはネジが一本飛んでしまったんです。まあ、それよりまず、現物をお収めください」

任務の責任者の男性が、布に包まれたものをトレーに載せ、ラウノとベアトリスの前で広げてみせる。

ベアトリスは指輪に顔を近付けて、じっくりと観察した。

「回収したほぼそのままの状態ですので、輝きは少々失われておりますが、純度の高い金であることは間違いございません」

「本当に見つかるなんて……」

偽物がそういくつもあるわけなく、谷から出てきたのならあの時手放したもので間違いないだろう。

「手に取ってみるといい。これは君のものだ」

ラウノに声をかけられて、ベアトリスは恐る恐る手を伸ばした。歴代の大公……男性が嵌めていたものだから、ベアトリスの指には大きいようだ。

表面には確かに「光」という意味の古語が書かれている。

「皆さん、本当にありがとうございました。なんとお礼を言ったらよいのか……」

ベアトリスは深々と頭を下げ、探し当ててくれた者達へ礼を言った。二度と手にすることはないと覚悟を決めて手放したものが、今ここにある。

指輪そのものの価値というより、父から最後に託されたものだということが、ベアトリスの感情を刺激してくる。

ぐっと胸を押さえて、泣きたくなる気持ちを堪えたが、横でラウノがおもしろくなさそうに言う。

「計画を立てたのは私だ」

子どものように自分の功績を披露してきたが、どこまで本気なのだろう。

もしかすると、ベアトリスが指輪の思い出に引きずられ過去の悲しみに囚われないように、気を逸らしてくれているのかもしれない。

しかし手柄の横取りは許されるものではなく、実行した者達はすかさず不満の声を上げる。

「途方もない計画を『やれ』の一言で命じただけですよね!? ひたすら地道に、根性で現実のものにしたのは我々ですよ」

そこから功績の比重についての言い合いがはじまり、ベアトリスはそれを楽しく見守ってから、改めて全員にお礼を言った。

兵士達が身体を休めるために退出したあとも、ベアトリスはしばらく指輪を観察していた。

雲に隠れがちだった太陽が姿を見せ、窓から光が差し込んでくると、手にしていた指輪にもその光が届く。

「あら?」

明るさのおかげが、ベアトリスは今まで気付いていなかった発見をする。

「どうした?」

ラウノに問いかけられ、ベアトリスは彼が見やすい位置に指輪をかざした。

「見てください。もしかすると、鍵の手がかりかもしれません」

指輪の内側に凹凸《おうとつ》があるのだ。それは美しい模様ではなかったが、傷ではなく人の手によって付けられたものだとわかった。

「確かに文字と数字が読めるな」

文字と数字が交互に六つ並んで刻まれていることが、はっきりと確認できた。文字だけを取ってみても、意味のある言葉の順列にはなっていない。

「これが金庫の鍵……？」

宝物庫にあった金庫の形状からしても、そんな予感がする。資料には記載されていなかったが、あとになって刻印した可能性も十分ある。

「……直接確認しよう」

ラウノもほぼ確信を持った顔をしていた。

二人はそのまますぐに宝物庫に向かった。そうして一番奥の巨大な金庫の前に立つ。

「ダイヤルが二ヵ所。上は数字、下は文字。正解ではないでしょうか？」

「だろうな」

大公が肌身離さず嵌めていたものの裏側なら、誰の目にも触れない。秘密の番号の隠し場所としては最適だったと言えるだろう。

ベアトリスは今すぐにでも中を開けてみたくなったが、それを阻む存在がある。ダイヤルとは別にある、十まで並んだ数字が書かれた装置だ。

「ラウノ、これって確か失敗を数えているんですよね？」

「ああ」

数字の八は前回から動いていない。十で中身を破壊するような有毒物が流れ落ちる可能性があるという、忌まわしい作りの装置だ。

「あと一回しか間違えられない。……たとえば、上と下の順番とか、右と左の順番とか、そういう細かいルールがあったとしたら……」

「ここまで凝った金庫だから、当然、手順もあるだろう。試しに一度挑戦してみるか？」

「無理！　無理です！　責任が重すぎる」

もしあと一回失敗したら、次は絶対に間違えられなくなる。気軽に挑戦できる状態ではなくなっている。

「まあ、まずは仕組みをもう一度確認しよう。サウル・オーベンソンを呼ぶか……」

宝物庫の中を一番把握しているのは、文化財管理者のオーベンソンだ。ラウノは外で待機していた護衛に、オーベンソンを呼んでくるようにと言いつける。

間もなくして、オーベンソンが宝物庫にやってきた。

「妻から、君は信頼できる人物だと聞いている。今から話すことは最重要機密事項だ」

ラウノの言葉に、オーベンソンは真剣な眼差しで頷いた。

「離宮付近から、大公家のものとおぼしき指輪が発見された。どうやって発見に至ったかは、あえて口にしないでおく」

そうやって濁した言い方をしたのは、ベアトリスの過去が絡んでいるからだ。たとえ相手がもう知っていることでも、うかつに口にしない。

オーベンソンも、それだけで理解した様子で頷いた。

本物の指輪の存在は近々公にされるだろうが、ラウノはあくまでも離宮近くで偶然発見されたものとして押し通してくれるらしい。

「こちらに本物があるということは、もうひとつの指輪は偽物である。そういうことでしょうか……」

オーベンソンも公子の件が気になっていただろう。

偽物の指輪を持っている者が、本物である可能性はほぼ消える。

「証明するために本物を探し当てたんだ。この指輪の内側には、文字と数字が六つ刻まれている。開かずの金庫に関わるものではないかと考えているのだが、君の見解は？」

「六つあるのなら、おそらくその通りだと思います。……かつて侍従をしていた父から聞いていたのは、番号は大公殿下しか知らないということだけでした。指輪に隠されていたことまでは存じ上げませんでしたが、あり得る話だと思います」

「金庫の開け方の手順がわかるか？」

「絶対ではございませんが、……この金庫と同時代に作られた同等のものを過去に調べました。それらと同じであれば右回し、左回し、右回しの順で、上の一個目、下の一個目、上の二個目、下の二個目……と交互に合わせていくのが正解でしょう」

絶対ではないとオーベンソンは言うが、その迷いのない口ぶりは、解錠方法にほぼ確信を持っていることが伝わってくる。

「ラウノ、今からやってみますか？」

失敗の可能性が少ないのならば、中身を確認したい気持ちが強くなってくる。ベアトリスが問うと、ラウノは小さく首を振った。

「いや、開けるのは多くの立会人がいる時がよいだろう。旧大公家復活の認可式の名目で人を集めて、その時の余興のひとつとしよう」

それは偽アンセルムの正体を暴く舞台となる。

成功すれば反カルタジア勢力を一掃できるし、総督府にいるベアトリスを含めた数少ないスヴァリナ人への風当たりも弱まるだろう。

すべては順調に進んでいる。弟の名を騙《かた》った者を許したくはない。でも楽しみにするほどまでに、ベアトリスは残酷にはなりきれなかった。

10　無謀なことはしないでくれ

ラウノが総督になってから、総督府で大きな式典が開かれるのははじめてのことだ。

今回は、「アンセルム公子」と「旧スヴァリナ大公家」の復活を認めるためのもので、家名と一部の財産の返却が公に通達される。……という建前で実際には公子が偽物であることを知らしめ、斬罪《ざんざい》するための場だ。

式典のあとは舞踏会が開かれることになっているが、ラウノの計画通りに進めば、なんとも言えない残念な舞踏会になるに違いなかった。

前回、晩餐会を欠席した反カルタジアの有力者達にも、律儀に招待状が送られた。すると今回は皆、出席の返事をしてきたようだ。

迎えた当日、ベアトリスはカルタジア風の桃色のドレスを選んだ。

自分の気持ちの問題で、晩餐会の時のようなスヴァリナの民族衣装を纏うことができなかったのだ。

今日の出来事は地域の安定に繋がると信じているが、スヴァリナ人の力を完全に絶つものになるので、罪悪感はどうしても拭えない。それでも弱気になってはいられない。

「ラウノ、それでは参りましょうか。……戦いの場に」

ベアトリスはラウノと共に歩む。これからも、ベアトリスの名前を大切にしたい。自分の選択を信じ、彼の手を取った。

ラウノとベアトリスが入場した時には、すでに今日の招待客がそろっていた。オデアン家の当主とリーズベット。それにブラート家の夫妻の姿も確認できた。

準備が整ったところで楽器の演奏がはじまり、本日の主役である青年が入場してくる。

一同……主にスヴァリナ人から大きな歓声と拍手が上がる。たった今自分達が入場した時は、最低限の拍手だったというのに……酷い扱いの差だ。

「なんだか、大人気俳優みたいですね」

ベアトリスはラウノの耳元で、こそっと吐き出した。青年の観衆に手を振る所作は堂々としている。絵に描いたような立派な貴公子ぶりだ。

「実際、そうだろう。あれはただの演者だからな」

主役はまっすぐにこちらに近付いてきているので、ラウノとベアトリスは正面に向き直り、青年と対面する。

認証式は、総督であるラウノの言葉からはじまった。

「さて、今日皆に集まってもらったのは、以前からの問題に結論を出すべきと考えたからだ」

ラウノらしく出席者への礼儀的な挨拶をほぼ省略し、いきなり本題に入っていった。

「もともと大公家はカルタジア王国と良好な関係にあったが、一人の反逆者の存在がこの地に混乱を招き、カルタジア人とスヴァリナ人のあいだには大きな亀裂が入ってしまった。十年という節目に、この亀裂を修復したいと考えている」

ベアトリスは心の中で、夫に心から賞賛の拍手を送った。

スヴァリナ人は今のこの状況をカルタジアのせいにしがちだ。エンシオによる反逆事件は、カルタジアの陰謀だと思い込んでいる人も少なくない。公国を滅亡させた悪者が、公国の要人で、しかもすでにこの世にいない人間であるより、他国のせいにしてしまったほうが、救われるからだ。

ラウノはそれを、公の場ではっきり正してくれた。

この見解を前提としなければ、これから行うはずの修復に向けた歩み寄りも成り立たない。

ラウノはわざと言葉を切って、参列者の反応をうかがっていた。否定すべき部分があるのかと鋭い視線で問いかけているが、スヴァリナ人は誰も「違う」とは言い出さなかった。

「では、アンセルム公子。……こちらへ」

「はい」

壇上の中央に小さな机が置かれる。これから用意した公文書、また返還される財産の権利書の確認をするためだ。

「ここには旧大公家の家門の復活と、返還される財産が記してある。これを正当な後継者に託したい」

カルタジアが大公家に返還する財産の目録を読み上げていくと、広間にはどよめきが起こる。

かつて大公家が所有していた旧スヴァリナ城以外の土地と財宝のほとんどが、目録に盛り込まれていたからだ。

「総督、ご英断感謝いたします」

青年は、軽くお辞儀をした。彼にとってのラウノは膝を折るまでの相手ではないという主張だろう。

そして青年は用意されたペンを取り、さっそく署名をしようとした。しかしラウノはペン先が紙に触れる直前に、それを取り上げてしまった。

「……ただし、本物ならばだ」

先に甘い部分を見せておいて取り上げる。これはいじめっこの手法だとベアトリスは思ってしまった。

ラウノはこの場で完全に悪役である。しかし、本人は周囲にどう思われようが気にしないので、悪役を楽しんでいるのだろう。

「総督は、何を疑っておられるのでしょうか？」

「証拠もなしに、ただ名乗り出ただけで公子と認められるわけがないだろう。阿呆なのか？」

これにはカルタジア側から、失笑が漏れる。

ラウノの政策に不満を持っていただろう総督府の者達も、彼の意図がわかってきただろう。

「証拠ならあります。こちらの指輪です。父から託された大公家の指輪になります。お預けすることはできませんが、鑑定できる者を呼び真贋を確かめていただくように願います」

今日も青年は、首から細い鎖に通された指輪をかけていた。指に嵌めないのは細身の彼には大きさが合わないからだろう。

「この指輪の役割を知っているか？」

ラウノはじわじわと青年の退路を断っている。しかし青年はまだ動揺を見せてこなかった。

「――ええ、宝物庫にある金庫の鍵だと、亡き父から聞いております」

（あれ？　知っているの？）

知られていないはずなのにそっくりな顔。それに忠実に再現された指輪。さらにはその役割まで理解している。

これが何を意味するのか。偽公子は自分の置かれた状況を理解し、切り抜ける自信でもあるのだろうか。

「君は、宝物庫の金庫を解錠できるのか？」

「証明する唯一の手立てであれば、やるしかありません」

「では、今から宝物庫へ移動することにしよう。……立ち会いたい者がいたら一緒についてくるといい」

進んで立ち会いを希望する者が挙手をする。宝物庫はそこまで広くはないので、スヴァリナ出身者、総督府の者、それぞれ十人程度とした。スヴァリナ人からは、オデアン家やブラート家など有力者の当主が選ばれ、リーズベット以外の夫人達は、この場で待機することになった。

広間から宝物庫までは距離がある。

ぞろぞろと流れで移動していくが、ベアトリスはどうしてもリーズベットのことが気になってしまった。

彼女は真っ青な顔をしていて、今にも倒れそうだった。年若い令嬢なのだから無理もない。近くにオデアン家の当主がいなかったこともあり、ベアトリスは思わず彼女のところに行って声をかけた。

「大丈夫ですか？　リーズベット様。ご気分が悪いのでしたら無理せず休んでいたほうが……」

「いいえ、私は立ち会います」

か細い声ではあったが、揺るがない意思が見て取れた。直後、リーズベットは耐えきれなかったかのように瞳から大粒の涙を溢れさせ、ヒステリックな声を上げる。

「酷いです、彼を疑うなんて！　……私ベアトリス様のことを信じていましたのに……酷い」

さっきまでの彼女とは違う。急に癇癪を起こした子どものようになってしまい、ベアトリスは困惑した。

「……リーズベット様？」

ここは謝るべきなのだろうか。

彼女はベアトリスに期待していたが、絶対的な仲間になるという約束はしていない。でも、良心は痛む。

思わずハンカチを差し出すと、彼女はそれを素直に受け取って涙を拭った。そして、使ったハンカチをすぐにベアトリスに返してくる。

しっかりと、落とさぬように両手に持たされた。その感触に違和感を覚える。布に包まれるようにして、何か硬いものが入り込んでいる。

（……なに？）

ベアトリスはリーズベットに疑問を投げる視線を送る。すると彼女は一度だけこくりと頷いて、そのまま先に歩き出してしまった。

他の人達と少し距離を取りながら、ベアトリスはそっと手の中のハンカチを広げる。握りしめたから皺になってしまったが、ハンカチの中から小さな紙のカードが出てきた。

『――毒に注意』

カードに書かれていたのは、ただそれだけだ。

宝物庫に入っていくと、多くのスヴァリナ人は興奮した様子を見せた。公国時代のものが、状態よく保存されているのだから当然だ。

この荒らされていない宝物庫を見たら、カルタジアの印象も少し変わるかもしれない。ラウノもそれを見越して、手をつけなかったと言っていた。

見られたくない大公家の肖像画だけはしっかり幕をかけ、あとはいつも通りの状態だ。

一行が奥の金庫までたどり着いたあとは、管理者としてオーベンソンが簡単に説明をはじめた。

「この金庫には二ヵ所のダイヤルがあります。指輪には鍵の解錠に必要な文字と数字が刻まれているはずです。なお構造上、文字の位置を変更することはできません。間違いなく大公家時代そのままの状態で保たれております。また、あと二回間違えると金庫の中身は永遠に失われるでしょう」

そこで一人の男性が、遠慮がちに手を挙げてきた。

「中には何が入っているのですか？」

「それは、今のところ何もわかっておりません。……では公子、よろしいですか？」

促され、青年は金庫の前に立った。オーベンソンは先日ベアトリス達にしたように細かい解除方法を彼に教えはじめる。

それを理解した青年が、ゆっくりと手を動かしはじめた。

広間にいた時は自信を持った態度だったが、ここにきてそれが一変している。彼は額に汗をかいていた。極限まで緊張しているのだろう。

それでも解錠のため、手を動かすことはやめなかった。そして手順通りに回したあと、上下のノブに手をかける。

カチャ、と小さな音が鳴った。一瞬解錠できたのかと思ったが、違うようだ。動いたのは時限装置の目盛りだ。八だったものが九に変わってしまった。

彼は失敗したのだ。

青年はこの残酷な現状に、力なくうつむいて首を振る。

「申し訳ありません。開きませんでした。……しかし、きっとそれは金庫自体が劣化しているからではないでしょうか？」

オデアン家の当主を筆頭に、青年の考えを支持する声が出る。するとラウノが金庫の前まで歩み出てきて、遮るように言った。

「いや、その指輪が偽物だからだ。本物はここにある」

立会人達は一斉にざわついた。どういうことだと互いの顔を見合わせている。ベアトリスが注目したのは、青年とオデアン家の当主の反応だ。

彼らは驚いた顔をしていなかった。

（やっぱり……知っていたんだわ）

この場で、本物の指輪が出てくることがわかっていたとしか思えない。だとしたら、できないとわかっていてここまで来た理由は限られる。

ベアトリスは自分がどう動くべきか考え、深呼吸をしたあと決意を固めた。

「ラウノ。その指輪、私にプレゼントしてくださると先日おっしゃいましたよね。私が鍵を開けてみてもよろしいですか？」

「……」

ラウノから、「何を考えている」という非難の眼差しが向けられる。

「お願いします。どうしてもやってみたいの。ね、いいでしょう？」

ラウノの首に手を巻き付けて、わざとらしく甘えるふりをした。好奇心旺盛な年下妻を演じてみせる。

「私、繊細な作業は得意なんです。……信じて」

最後の一言だけ、気持ちが伝わるように真剣に。するとラウノは諦めたようにため息を吐き出す。

わざわざ用意したこの場を完璧に収めるのには、おそらく金庫に触れる役はベアトリスが担うべきだった。

なぜなら青年に事前に情報を漏らしていたであろう内通者をあぶり出すのに、効果的だからだ。

（内通者……というよりもしかしたら黒幕なのでしょうね）

ラウノはすでに目星をつけていて、あえて漏らしていたのだろうか。今ラウノは、非難がましい目で見ているのに、ベアトリスの行動を止めきれない。それが彼も気付いていた証拠のように思える。

青年は開けられないことがわかっていても、逃亡しなかった。

自らのこのこやってきて、偽物の証明をしてしまうなんて愚かな行動だ。もし自分だったら、嘘がばれそうになったらさっさと逃げるだろう。

近くにいる青年をじっと見つめると、彼はそれを避けるように下を向いた。青年の視線は、彼自身の右手に向けられている。

その手で、きっと何か細工をしたはず。おそらくリーズベットの警告が関係している。

ベアトリスはラウノが持っていた指輪を受け取って、その内側の文字と数字を覚えたあと、金庫の前に立った。

つけていたグローブはあえて外して、ゆっくりと、もったいぶるようにダイヤルに指を近付けていく。

ここに触れてしまったら、きっと無事ではいられない。ベアトリスとラウノと、そして「彼」の我慢比べがはじまる。

指先が震える。少しでも触れてしまったら……想像するとやはり怖い。

「――お待ちください！」

触れる直前、それを止める声がかかる。思っていた通りだった。

「お待ちください！　そこに触れてはなりません」

ベアトリスは振り返り、声の主を探す。

「どうしてですか？　オーベンソンさん」

オーベンソンは真っ青な顔をしていた。触れたらどんなことが起きるのか、彼は知っているようだ。でも彼は何も答えてはくれなかった。

「では、私が言います。ここに毒が塗られているからですね」

ベアトリスは無言を貫くオーベンソンの代わりに、周囲に響くようはっきりと告げた。立会人たちに動揺がはしる。

そして次の瞬間、突如ラウノが動いた。偽公子が不自然な動きを見せたため、両手首を押さえるようにして、身動きを封じたのだ。

「離せ！　僕は何も知らない」

「黙れ、クソガキが。毒を仕込んだのは手袋だろう。私が金庫に触れる可能性にかけて。もし私以外の者が触れたとしても、その場で倒れたら中断される。もちろん金庫を開けるのは後回しになる。……そして貴様は今、自らも毒に倒れるつもりだったのではないか？　最初から毒が塗られていたと主張するつもりで」

注意しなければわからない程度だが、青年のグローブは一般的なものより厚みがある気がした。加工をしたグローブに毒を染み込ませたのだろうか。その手で触れた金庫のダイヤルは、当然毒が付着していることになる。

ラウノの言ったことに反論はないのか、青年は諦めたように黙り込んだ。

待機していた兵士が集まり、青年は取り囲まれた。

「とにかくそのグローブは危険だ。連れていって慎重に処理しろ」

青年は気力が尽きたように、大人しく連行されていった。オデアン家の当主やリーズベットは拘束こそされなかったが、関係者としてそのまま兵士達に促され部屋を出て行く。

ベアトリスはリーズベットのことが気がかりだった。彼女が忠告をくれたことはラウノにしっかりと伝えなければならないだろう。

宝物庫に静寂が訪れる。

スヴァリナ人の有力者達は、全員覇気を失っている。今すぐ逃げ出したそうな顔をしているが、兵士達がもちろん許さない。彼らは立会人だから、まだ退席を許されていないのだ。

「それで、サウル・オーベンソン。お前はなぜベアトリスの行動を止めた？」

ラウノがオーベンソンに問う。

「なんとなく、公子の行動が不自然だと思ったのです」

「ならすぐに言い出せばよかっただろう。できれば今この場での金庫の解錠を避け、あわよくば私に死んでほしかった。だから黙っていた。しかしスヴァリナ人であるベアトリスを犠牲にはできなかった、そういうことだろう」

「私はっ……」

オーベンソンは、何かを言いたくてためらうような苦しげな表情になる。

彼はここで偽公子を切るつもりだったのだろう。

自分で作り上げた偽物ではなく、本物の大公家の子を見つけてしまったから。回帰したい彼の主義と、ベアトリスの過去の名前は切り離せなくなっている。

もし本当の名前を彼がこの場で口にしたら、ベアトリスは今のままではいられなくなってしまう。

オーベンソンがどう答えるか、祈りながらただ時間が経過していくのを待つしかない。でもベアトリスは、信じたかった。

「………そうです。さすがに同郷の未来ある女性は殺せない。妹がもし生きていれば、彼女と同じくらいの年齢でしたから。重ね合わせてしまった、私の負けです」

オーベンソンはうなだれ、両膝をついた。すぐに兵達が動いて、両脇を抱えるようにして彼を引き起こしていた。

「オーベンソンさん、ごめんなさい。あなたが優しい人だって知っていましたから、それを利用しました」

ベアトリスが声をかけると、オーベンソンは兵達の支えを拒み、体勢を立て直して言った。

「優しくなどありませんよ。偽公子を作り上げたのは私です。毒を塗るよう指示をしたのも。……総督を亡き者にし、そして……。いえ、やめておきましょう。毒には……ダイヤルには触らないように。……どうかお幸せに」

オーベンソンはそれだけ言うと、ベアトリスに背を向けた。その場で手枷《てかせ》をつけられ、連行されていく。

再びの静寂が訪れたが、すぐにラウノが立会人に向かって言う。

「金庫の解錠は日を改めて行う。公子を名乗った青年だが、すでに身元も把握している。何ら手違いはないから安心するといい」

「そこまでわかっていて、わざわざ人を集めたのか！」

怒りの声を上げたのは、ブラート家の当主だった。彼は総督府と親密なふりをして、最近はオデアン家に寄っていたから、この事態に危機感を覚えているのだろう。

「ここまでしなければ、信じなかっただろう？　幼くして亡くなったアンセルム公子の名を利用し、扇動したことの非道さをしっかり認識するといい。二度とこのようなことがないようにな」

ラウノが睨みつけると、ブラート家の当主は黙り込む。

ベアトリスはラウノの言葉に救われた。感情の波が押し寄せてきてしまう。

総督夫人としての正しい行動は、全員が帰るまで留まることだろう。でもそれはできそうにない。

人前で泣いたらラウノは怒るし、自分もそんな姿を見られたくなかった。たまらず、先に一人で宝物庫からそっと出て行く。

それから自分の部屋まで急いで戻り、扉を閉めたあとは我慢をするのをやめた。

「アンセルム……ごめんね。もう、終わったよ」

守ってあげられなかったこと、自分だけ助かってしまったことが苦しい。代わってあげられたら、どんなによかっただろう。

でも、時は戻せない。だから嘆くのはもう今日で最後にしなければ。

◇◆◇◆◇

部屋の扉が開いたのは、それから少したってのことだ。

ノックをしないで入ってくるのはラウノだけだ。事態を収拾させて、様子を見に来てくれたのだろう。

ベアトリスはそれまで、ドレスのまま寝台で横になっていた。音に気付いて起き上がると、無言で寝台の脇まで来ていたラウノにその身を引き寄せられる。

抱擁する腕に力が込められているのは、彼なりの心配の表れのようだ。

「さっきは本当にひやひやした。頼むから、無謀なことをしないでくれ」

ラウノは慰めるように頭を撫でてくれるが、その声には、彼のほうが傷を負ったかのような痛々しさがこもっている。

素直な言葉を口にするラウノが珍しく、ベアトリスもつられて押し留めようとした気持ちが溢れてしまった。

彼が部屋に来る前にどうにか止めることに成功していた涙が、再び溢れ出してくる。

ベアトリスはラウノの上着を汚してしまうことも構わず、彼の胸で泣いた。

それからどのくらいのあいだ、ただ黙って抱き合っていただろう。

落ち着いたところで身体を離すと、ラウノはベッドの端に腰を掛け、ベアトリスの指先に異変がないか確認しはじめていた。

「怪我はしていないようだな？」

「はい。ラウノ……心配させてしまってごめんなさい。でも私達心が繋がっているようですね」

ラウノはベアトリスの行動から、すぐに「危険」を察知したはずだ。それでも信じてと言ったら任せてくれた。

もしベアトリスが鍵開けを申し出なかった場合、触れようとする前にラウノは安全の確認をはじめたはず。でもそれでは、裏で糸を引いていたであろうオーベンソンは、隠れたままだった。

咄嗟《とっさ》に互いが何を考えているのかわかったからできたことは、心が繋がっているようで嬉しくなるが、現実主義のラウノは吐き捨てるように言った。

「たまたま奇跡の一回だ。二度はない」

結局それからは「もう危ないことはするな」と、しつこいくらいに念押しされてしまう。

昼過ぎに式典がはじまってから、時間がたち、もう夕暮れ時だ。

「そういえば、舞踏会はどうなりましたか?」

「もちろん中止だ。開催したら葬式より酷いことになる。……しかし残った者達には用意した料理と酒を振る舞っている。今頃楽しくやっているだろう」

「あなたは行かなくていいのですか?」

「当然、妻を優先する」

「……愛妻家ですものね」

「そうだな」

珍しく、ラウノが肯定してくれた。気のせいだろうか? 微笑みかけてくれたような気さえする。

嬉しくなり、ベアトリスのほうから口付けをするとラウノがそれに応じてくる。

優しく、ゆっくりと互いを求め合うように唇を重ね合わせた。

「……それで、ラウノはいつまで愛妻家のふりをするんですか？」

ベアトリスは一度唇を離すと、少しだけ意地悪な笑みをたたえて問いかけた。問題が片付いた今、どうしても彼に答えて欲しかった。

自分と結婚したその背景に、今回の問題があったことは想像できる。国王に命じられ、独身主義を返上しなければならなかったことも。

でも、まっさらな状態になったら彼はどうするつもりなのか。何にも束縛されない人生に戻りたくはないのだろうか。

きっと大丈夫だと、これまでの行動からそう信じているのだが……一度でいいから確かな言葉が欲しかった。

以前はラウノが他の女性を妻に迎えないのであれば、ずっと主従関係でもよいと思っていたが、今はもっと欲張りになってしまった。

自分だけを見て。目を逸らさないで。ベアトリスは願うようにまっすぐに見つめる。

「決まっているだろう。永遠だ」

ラウノは声を絞り出すようにして、短く答えてくれた。視線を合わせるのが限界だったのかすぐに顔を背けられてしまうが、ベアトリスのことをどう思っているのか続けて語ってくれる。

「もしも君が私に呆れて離縁したくなったとしても絶対に認めないし、逃げ出そうものなら地の果てまでも追いかける。だから諦めてそばにいろ。……そうすれば怖い思いはさせない。どんなことがあっても守ると誓う」

窓から差し込む夕日のせいなのか、ラウノの頬と耳は真っ赤だった。

ベアトリスはラウノの両頬を手で挟んで、無理矢理自分のほうに顔を向けさせる。

「今日は、あなたの顔をずっと見ていたいの」

「やめろ」

「やめません。カルタジア王国が誇る愛妻家のあなたなら、妻のお願いはちゃんと聞いてください」

過信してもいいのだろうか。ラウノはベアトリスが本気で願いを口にすると、それを聞き届けようと努力してくれる。

今も視線を逸らしたくてしかたなさそうなのに、ベアトリスのためにどうにか耐えている。その気になれば、非力なベアトリスを振り払うことは簡単なのに、大人しくしているラウノがかわいくもあった。

「あなたがいてくれて私は幸せです。強くて実は優しいところも、口が悪くてひねくれているところも大好きです。私を絶対に離さないでくださいね」

「ひねくれているのは、お互い様なんだが……」

ラウノが不満を口にするが、ベアトリスには言いがかりにしか聞こえなかった。

「私は、まったくひねくれていません」

「いいや。ひねくれている。君は寂しがり屋のくせにずっと甘える方法を知らなかった。私なら、使えるものは何でも使って自分の立場を優位なものにしただろう。出身を隠して、自分から慣れない下働きの雑用をしたがる者は、ひねくれていると言える。……もし君が公女としての保護を求めていたら、もっと早く堂々と贅沢な暮らしができていたはずだ」

どうしてなのか、ラウノは懺悔《ざんげ》するように言った。黙っていたのはベアトリスの都合で、彼は何も悪くないはずなのに。

「でももし私が十年前に打ち明けていたら、きっとあなたのそばにはいられなかったでしょう。だから私はひねくれていません」

何かひとつでも選択を変えていたら、今はなかった。

ラウノや国王は、ベアトリスが公女として行動も起こす気がなかったから、監視下に置きつつも自由でいさせてくれたのだ。

もし公女として保護を求めていたら、きっとラウノの屋敷ではなく公的に管理された場所で生活することになっただろう。召し使いと綺麗なドレスが与えられたとしても、寂しい人生を送っていたに違いない。

十年前にラウノについていったことも、彼に仕えようと思ったことも、そうして結婚したことも……何も間違えていない。素直に自分がそうすべきだと思って選んできたものだ。

「君がそう言うのなら」

「でも確かに、甘えるのは我慢してきたかもしれません」

だからもっと甘やかして欲しいと囁き、ラウノの首に手を回したベアトリスは、自分の身体の重さを彼に預けた。

二人はじゃれ合うように寝台に転がって、口付けの応酬をはじめる。

ベアトリスが積極的に舌を相手の口内に差し入れると、ラウノはぐっと身体を密着させながら、その舌を絡め取ってきた。

「んんっ……もっと」

目を閉じると混じり合う唾液の音に意識がいくが、ひっそりと目を開けると今日はラウノの顔がはっきり見えていた。唇を重ねているあいだは青灰色《あおはいいろ》をした瞳の複雑な虹彩《こうさい》がわかるほどだし、呼吸を整えるために顔を離すと、表情から情熱が高まっていることが見て取れる。

「じっと見るな」

「嫌です。今はそれを言わないで、私の好きにさせてください」

ベアトリスが言い切れば、ラウノは一度ぐっと何かを堪えるように唾を飲み込んだが、やがて自分から弱みを見せるように吐き出してくる。

「まっすぐに見つめられると、純粋な君を私が穢《けが》しているような気分になる」

「なぜ私があなたに穢されるのですか？」

これは愛の行為だ。自分達は夫婦だし、何より想い合っている。ベアトリスがラウノに穢されるわけがない。

「言っただろう。私は君の素性をずっと前から知っていた。傭兵上がりの私にとって、本来なら触れることさえ許される相手ではない」

「でも今はあなたの妻です。ラウノは私に触れるのが嫌なの？」

「……嫌ではない。だから困る」

一度何かをふっきるように瞳を閉じたラウノだが、次に開いた時には隠さずに獰猛《どうもう》な眼差しを向けてきた。

まるで獣に睨まれてしまったかのようで、ベアトリスは身じろぎひとつできなくなる。

彼になら、食べられてしまってもいい。

ラウノは自分の上着を脱いでタイを取ると、横たわるベアトリスの背中に手を回し、ドレスの後ろにある編み上げの紐を緩めていく。

複雑な女性用のドレスを簡単に脱がせていく彼だが、閨事に手慣れているからだとはベアトリスは思わない。

以前頭にリボンをつけてくれた時もそうだったが、ラウノは手先が器用なのだ。暗部に関わっていたからか、戦闘だけではなく細かな作業もできる。そんな彼からすれば、ややこしいと思われがちな女性の服くらい、どうってことはない。

ドレスはラウノによって脱がされ、ベアトリスは生まれたままの姿を彼の前にはじめて晒す。

今までは暗闇だったり視界を制限されたりしたので、肌着ひとつ身につけていないベアトリスを目にするのは、ラウノもはじめてのはずだ。

裸になったベアトリスの身体を横たえさせた彼は、寝台の上で膝立ちになっていた。

食い入るように見つめてくるラウノの熱い視線を、肌で感じてしまう。彼の視線の先——ベアトリスは無意識に、胸のあたりを自分の手で覆った。

しかしラウノが手首を掴んで、それを阻んでくる。

「あっ……あの」

ラウノが無遠慮にベアトリスの胸に顔を近付けてくる。まるでこれから捕食することを見せつけるように、ぺろりと舌を出して……。

がっつり視線が絡み合ったが、先に逸らしたくなったのはベアトリスのほうだった。

触れられてすらいない胸の頂が、尖ってきてしまう。それが恥ずかしくてたまらない。

ラウノは舌を伸ばし、ベアトリスの胸の先端をつんつんと刺激してきた。いじられるとさらにそこが硬くなり、主張してきてしまうのが自分でもわかった。

余っていた片方の胸はラウノの大きな手に包まれ、やわやわと揉まれていく。

わざとなのか、途中指のあいだに挟まれ引っ張られると快感が高まる。じゅっ、じゅっと硬くなった乳頭を吸われるたび、身体をのけぞらせながら嬌声を漏らした。

「ああ……こんなのっ」

ラウノがこれまで視界を遮っていた理由が、ようやくわかった気がした。

目に映る光景さえ、情欲を煽る材料となる。これではすぐに気をやってしまいそうだ。

ベアトリスの柔らかな膨らみは、ラウノの手の動きに合わせ淫らにたゆたう。舌で舐められた先は、唾液に濡れて光っていた。

ふっ、とラウノはベアトリスの乳首を口に含みながら、笑う。

いとも簡単に乱れるさまをからかわれた気がして、ベアトリスはかっと頬を赤らめた。

「笑わないで……」

恥ずかしすぎて、思わず瞳を潤ませる。

身体と心、両方がラウノに乱されている。それなのに欲張りなベアトリスは、もっと刺激が欲しくてたまらない。やめてとは言えなかった。

「笑ったんじゃない、喜んでいるんだ。君があまりにも、その……かわいいから」

たった一言の言葉が、こんなにも感情を煽るものだとは知らなかった。

ラウノはこれまでベアトリスに向けて「かわいい」なんて言葉を一度も使ったことがない。

以前ベアトリスの勘違いを訂正するために「美しい」とは言ってくれたが、あの時は背を向けたまま言い逃げしている。

でも今彼は、ベアトリスから視線を逸らさなかった。それがどれだけ驚くべきことか、きっとベアトリスにしかわからない。

身体全身が歓喜し、強く求めてしまう。

ベアトリスはラウノのシャツを引っ張って、顔を見合わせるようにすると、二人が離れられないよう首に手を回した。

「あなたも脱いで……」

裸で抱き合う心地よさを今すぐ感じたい。彼の纏う衣服が邪魔だった。脱がせてしまいたくてボタンを探るが、離れ難いので片方の手は彼を繋ぎ止めたままだ。

昔と違い、身の回りのことなど何でもできるようになったベアトリスでも、片手で男性のシャツについている小さなボタンを外すことは難しかった。

「待ってくれ。少し落ち着け」

ラウノがなだめるように言いながら、自らシャツを脱いだ。

彼の身体にはしなやかな筋肉がついているが、腰回りはかなり細く引き締まっている。身体のあちこちにある傷は、重ねてきた功績の証となっていて誇らしいものだ。

つい見入ってしまう。

「……おい」

ラウノは何かを言いかけて、口を噤む。おそらく「見るな」と言いたかったのを我慢したのだ。

「好きです。……私のあなた」

彼の忍耐が続くうちに、したいことをしよう。そう考えたベアトリスは、ラウノの膝に乗り、向かい合わせになる。それから抱きついて、身体を擦りつけながら激しくキスをした。

彼の唇を貪《むさぼ》るように、食らいつく。ラウノが負けじとベアトリスの唇を開き肉厚な舌を差し入れてくる。口蓋を擦られると、そこから発生した痺れが突き抜けていく。

「もっとください……」

ベアトリスはラウノの舌を吸い上げたあと、自分の舌と絡ませる。何度も、何度も……呼吸すら忘れるくらい夢中で口付けをした。

甘く激しい応酬に、息が苦しくなる。くらくらとしてしまうのは、キスに酔ってしまったからなのだろうか。

ラウノがベアトリスの限界に気付き、唇が離される。二人のあいだに淫らな糸が引く。

「ラウノ、やだ……私から離れないで」

ベアトリスは甘えるように、縋り付いた。そうして自分のことを守ってくれる人の身体に、敬愛の口付けを落としていく。首筋や鎖骨のあたりに軽く触れたあと、ベアトリスの唇は胸のあたりで一度止まる。

自分も胸に触れられると気持ちよくなれるから、彼もそうではないか。そう考えたベアトリスはさっきラウノがしたように舌を伸ばし、彼の胸にある小さな突起をトントンと叩くように舐めてみた。

「ぐっ……」

ラウノはピクッと胸を上下させる。反応をもらえたことが嬉しくて、ベアトリスは夢中になってラウノの胸を舐めた。時にちゅっと強く吸い付いてみると、そこに赤い痕が残る。見上げると、ラウノは息を荒らげながら必死に堪えている。ラウノはベアトリスの拙《つたな》い愛撫に感じてくれているのだ。

ベアトリスは口付けをする場所をさらに下へと移動させ、綺麗に割れた腹のへこみに舌を這わせる。しかしこれはくすぐったかったのか、ラウノは快感からくるものとは別の声を漏らす。失敗だったようだ。

「どこなら、もっと気持ちよくなってくれますか？」

「………」

ラウノははっきりと答えてくれなかった。でも一瞬だけ、彼の下腹部のほうに視線が動いたことを、ベアトリスは見逃さなかった。

彼のズボンのベルトを外し、前をくつろげていく。触れ合っている時からわかっていた。ラウノはいつでもベアトリスと繋がることができる状態だ。

実際に露《あら》わになった彼の性器は、硬く上を向いていた。触れたことはあったが、こうやって目にするのははじめてで緊張する。

恐る恐る手で握ってみると、丸みを帯びた先端から雫がぽろりと零れ落ちてくる。

ベアトリスはそうしなければならない気がして、ラウノが放出した透明な液体を舌でぺろりと拭った。瞬間、ラウノの陰茎がピクッと蠢く。

「やはり、穢れる。……だめだ。こんなことをしてはいけない」

ラウノはベアトリスの手から逃れようとしていたが、言葉ほど嫌がっていないことはすぐにわかった。

なぜなら、彼の切っ先から雫がまた零れてきたから。だから聞き入れず、再びラウノの昂りに口をつけた。

「つぐ……、なぜ……どこで覚えたんだ」

ベアトリスは閨の知識に乏しく、男性を喜ばせる方法を知っているわけではない。

ただ、今まで彼にしてもらったことを同じように返しているだけだ。きっとラウノもそんなことはわかっている。

それに拒否したがる言葉とは裏腹に、ラウノはベアトリスがどうすべきなのかさりげなく誘導してくる。

今も彼はベアトリスの後頭部に手を添えて、舐めるだけでなく飲み込んで欲しいと思っていることが丸わかりだった。

ベアトリスは、自分が感じたままに振る舞う。

先端を口に含むと、それだけでかなりいっぱいになった。ラウノが落ち着かなく腰を揺らしているので、勇気を出してもっと深くまで誘い込む。

「んんっ……んっ……」

とても苦しくて、少し苦い。それでもベアトリスはラウノを喜ばせるために、懸命に口と舌を動かしていく。

ビクン、ビクンと、ラウノの陰茎はベアトリスの中で何度も蠢く。そのたびに雄の香りが濃くなっていく。

「ああ、ベアトリス」

余裕のないラウノの息づかいが聞こえてきて、ベアトリスはますます夢中になった。

ラウノが興奮すると、ベアトリスも興奮する。深く咥え込むたびに、ベアトリスは子宮を疼かせて、これを挿入された時の喜びを想像してまう。

「ラウノ……私」

限界だった。もう、欲しくて欲しくてたまらない。

ぷはぁとラウノの陰茎を口から離し、ベアトリスは切望の眼差しを向けた。

ラウノはそれに応え、ベアトリスを寝台に縫い止めるようにしてすぐに屹立《きつりつ》を宛てがってきた。

ぐっと、一気に熱杭を押し込まれる。

「あんっ、いきなり……」

ベアトリスは歓喜に震える。

ラウノはベアトリスの膝裏を持ち、腰の位置を高くしてくる。こうされると、深いところを探られるだけではなく、二人の結合部分が見えてしまう。

引き抜かれ、押し入られ……。ラウノが動くたびに猛々《たけだけ》しい熱杭が出入りしている様を見せつけられる。

こんな硬く大きなものを受け入れて、どうして女性の身体は無事でいられるのだろう。太い杭が穿たれるその情景が、ベアトリスを煽っていく。

「あっ……すごいっ、ラウノ……ああっ」

ぎゅう、と膣壁が収縮をはじめる。ラウノを誘うように締め付けている。

狭かった陰道は愛おしい人の形に慣らされ、ぴったりと添うように作り変えられてしまったようだ。

「だめだ。……すぐに。君の顔を見ると余裕がなくなる」

ラウノがガツガツと腰を押しつけてくる。絶え間なく押し寄せてくる快楽の波をやりすごしながら、ベアトリスが片方の手をさまよわせた。

「んんっ、ラウノ……手を握っていてください」

手を繋いでいると安心する。

今すぐにでも一人で達してしまいそうだったが、指を絡ませておけば二人は常に一緒なのだと実感できる。ベアトリスは、二人で快楽に溺れていたいのだ。

「ああ、私……もう」

せつなく疼く奥を穿たれるたび、ベアトリスは身体をのけぞらせる。

揺れるベアトリスの胸の丘に、ラウノがぽたっと汗を垂らした。研ぎ澄まされた感覚は、その一滴さえ確実に拾っていく。

「ベアトリス……」

せつなげにラウノに名を呼ばれ、ベアトリスはじっと彼の顔を見る。

(ああ、こんな顔で……私を抱いていたのね)

ラウノは無防備でいて、とろけてしまいそうな表情だった。賞賛の言葉などなくとも、ベアトリスの中が心地よいのだと伝わってくる。

愛おしさのあまり彼を引き寄せると、ぐっと深く腰を押しつけられた。

「くっ……」

ラウノがベアトリスの奥に熱い飛沫を放ちはじめる。

「ああっ、ラウノ……熱い」

満たされていく喜びで、ベアトリスもびくびくと腰を震わせながら達した。

何度も、何度も……繰り返し放たれる精はやがて実を結ぶかもしれない。懸念が取り払われ、過去を清算し、ここからようやく未来へ向かっていくのだ。

額と額をくっつけ互いをねぎらい余韻に浸っていたベトリスは、はっと目を見開いた。

「……ラウノ」

思わず名を呼んだが、慌てて何でもないふりをする。

「どうした？　まさかどこか痛かったか？」

「いいえ、ただ名前を呼びたくなっただけです」

「そうか」

きっと彼自身は気付いていないだろう。ラウノが見たこともないほど優しげに微笑んでくれたことなんて。

指摘するときっといつもの気難しい顔に戻ってしまうから、ベアトリスはずっと黙っておくことにした。

11　本日をもって撤回いたします

事件が解決すると、ベアトリスを取り巻く状況はかなり変わっていった。

一時期の「総督を誑《たぶら》かしている悪妻」と思われていた誤解は解けたようだ。中には直接謝罪してくれた者までいた。

ベアトリスからすれば、わざと誤解させていた部分が大きいから恐縮してしまうのだが、嫌われたままは辛いので素直に喜んだ。

スヴァリナで暮らす人々の中では当然、偽公子事件は大きな話題になった。

ラウノはできる限りの情報を公開していくことで、総督府の信頼を勝ち取っていく。そしていた。「大公家の名誉を救った人物」として、気付いたら庶民のあいだではかなりの人気者になっていた。ラウノが言うには「すべて予定通り」のことらしい。

オーベンソンことサムエルは、昔の名前に戻ることになった。捕らえられたサムエルに、ベアトリスは一度だけ面会した。

「ひとつだけ、わからないことがあるんです」

ベアトリスはサムエルに問いかけた。

「どうやって、本を書いたのですか？」

例の本を書いたのはサムエルだ。ラウノに調べてもらい、出版社を突き止めて判明していた。

「当時、『公女様のお話』として妹が語ってくれたので、記憶しておりました」

サムエルは鉄格子の向こうで、懐かしそうにそう言った。

「結末が違うのはどうして？」

「知らなかったんです。たまたま話が中断してしまって。あなたが生きていらっしゃることを知らなかったから……公女殿下が生きた証を残しておきたかった。今となっては独りよがりな考えでした」

「あの青年にその話をして、私を騙すこともできたでしょう」

ベアトリスが現れた時点で、懐柔の手段として使えばよかったのだ。あの青年がアンセルムしか知らないことをベアトリスに語ったら、さすがに本物だと信じていただろう。偽公子を立てる計画の破綻を招いたのは、徹底できなかった彼の甘さのせいだ。

「共有したくない思い出もあるのですよ。私にとっての公女様は……」

せつなげに微笑んだサムエルの心の内側を、ベアトリスは受け止めることができない。だから身勝手にも、彼の気持ちになど気付かないふりをした。

それでも、サムエルと共感してしまう部分もある。

彼はきっとまだ過去に囚われている。行き場を失った復讐心を抱え込んだまま、今日まで生きてきたのだろう。それはベアトリスにも理解できる心情だ。

あの時何かが違っていたらと、繰り返し考え続けてしまい、心を蝕《むしば》んでいくような感覚。もしラウノと出会っていなかったら、きっとベアトリスもあの日に囚われ続けていただろう。

サムエルは惨劇が起こる前のスヴァリナ公国を取り戻すことを、生き残った自分の使命だと考えていたに違いない。

そこで、公子によく似た青年と指輪を用意した。偽りを本物にするつもりで。

実際に公子の名前を出しただけで、スヴァリナ人の支持は得られていたのだから、勢力をまとめ上げるには効果的な手法だったと言える。

偽公子を名乗っていたのは役者志望の青年で、大公家とはまったく繋がりのない庶民の出だった。サムエルがたまたまその青年と出会い、記憶の中のアンセルムが蘇ってきてしまったことが、どうやらこの事件の発端だったらしい。

リーズベットは、直前まで何も知らなかったようだ。総督府での認証式の前に、口論していた父親と婚約者の会話を聞いてしまい、ベアトリスにメモを託した。

彼女は婚約者に、これ以上罪を犯して欲しくなかったのだ。

「どうか、命だけは……彼は本当に優しい人なんです」

リーズベットはただひたすら、事件に関わった者の減刑を求めていた。

総督暗殺は未遂でも重罪ではあるが、一連の事件で死人が出ていないことは幸いした。リーズベットの行動は評価され、今回の事件で裁かれる者達はかなり減刑される見込みだ。

◇◆◇◆◇

騒動の顛末《てんまつ》が明らかになり収束に向かう頃、ステファン第二王子がスヴァリナにやってきた。

スヴァリナの現状の把握と総督の成果を確認するための、王の使者としての来訪だった。

塗られた毒の処理が終わり安全の確保がされたので、ステファン王子立ち会いの下、改めて金庫の解錠に挑むこととなった。

「いいね。夢のような瞬間だ。金塊だったら何に使おう？」

ステファン王子は目を輝かせながら言った。誰だって「お宝」と聞けば興奮せずにいられない。宝物庫には貴重な宝石がたくさんあるのだから、わざわざ鍵をかけて特別に保管されているなら、並の宝石より価値があるのではと予想してしまう。

「少なくとも、殿下の私財にはなりません」

ラウノが釘《くぎ》を刺すと、王子は屈託なく笑った。

「わかっているよ。……この土地と民のために使えばいい」

ベアトリスは密かに博物館建設計画を夢に抱いていたが、金庫から出てきたものは、金でも宝石でもなかった。

入っていたのは地図や調査報告書、計画書などの書類ばかりだった。

スヴァリナ公国の国土は小さく、天然資源をあまり保有していなかった。しかし二十年ほど前、大公が大規模な調査を行い、新しい資源が発見されていたようだ。

その中で隠されていたのは、硝石《しょうせき》など武力として転用可能な資源についてだった。有事の際にどのように素早く戦力を増強するか、その方法がしっかりと組み立てられていた。

カルタジアという新興軍事強国と繋がったことで、当時の大公は弱腰だと批判されていたが、それで国は安泰だと楽観的に考えていたわけではなかったのだ。

「古い指輪に、金庫を開けるための細工をしたのは、父だったのでしょうね。父が……絶対に簒奪者に渡してはいけないと言っていた意味がわかりました」

「ああ、そうだな。もしこれをあの男が手にしていたら、戦争は長引いていただろう」

大国と比べたら微々たるものだろう。それでも一時しのぎの戦力にはなったはず。エンシオに悪用されなくてよかった。

これまでベアトリスは、どこかで自分は公女に戻り、スヴァリナ公国を再興させようと立ち上がるのが、正しい道なのかもしれないという思いが完全に切れなかった。

勝ち目などない愚かな戦いだったとしても、公女としてそうすべきではないかと。

もし自分が立ち上がれば勢力は二分し、再びの混乱を招いてしまうという理屈で隠れていたが、本当はただ怖かっただけなのだ。

でもベアトリスは今ようやく、この罪悪感から解放された。大公……亡き父はきっと、現状を受け入れてくれるに違いない。彼は純粋に、暮らしている民の平和だけを願っていたのだから。

ステファン王子はそれから数日間滞在したが、ラウノに追い出されるようにして首都に戻ることとなった。陽気な王子だが、なぜかラウノの心労が蓄積されていくようなので、ベアトリスも引き留めなかった。

見送りの際もステファン王子は二人をからかうようなことを言い出す。

「もしもルバスティ殿があなたを困らせたら、すぐに助けにくるから連絡をしてくれ。離婚して私の妻になるといい」

「殿下は女性なら誰でも口説くのですね。それに夫が私を困らせるなんて……そんなこと……」

ないとは言い切れず、ベアトリスは言い方を変えた。

「私みたいな者と結婚してくださった夫には、感謝しかありません。ご裁可くださった国王陛下にも感謝申し上げます」

国王としては、ベアトリスの過去を利用するつもりがあったのだろうが、結果的に好きな人と結婚できて、故郷にも関わることができて幸せだ。

ベアトリスが礼を言うと、ステファン王子は意味ありげな顔になる。

「ああ、まだそういう認識なんだ、ふうん」

「……？」

思い違いをしているのだろうか？　思わず首を傾げたベアトリスに、ステファンが何か言いかける。

しかしそれまでうんざりした顔で黙っていたラウノが、急に割り込んできた。

「――殿下、お時間です」

「一刻一秒を争ってはいないんだが？」

「お時間です。ご出立を」

二度促され、ステファン王子は「やれやれ」と肩をすくめながら馬車に乗り込んでいった。立派な箱馬車だ。窓が開けられ、王子がそこから子どものように顔を出す。そして発車と同時に、王子は大きな声で叫びはじめた。

「知ってるかい？　国王は、もともと私と君を結婚させるつもりだったんだよ」

「――え？」

「ルバスティ殿がどうしてもと駄々をこねたから、しかたなく譲ってやったのさ！」

言い捨てて、ステファン王子は去っていってしまった。

ベアトリスはそれを呆然と見送りながら、頭の中を整理する。

（……王子と結婚予定？）

そんなの初耳だし、そもそも出会ったのが結婚式の時だ。からかわれたのかもしれないが、ラウノが「どうしてもと駄々をこねた」という部分がベアトリスを落ち着かなくさせる。

背後からいつもの舌打ちの音が聞こえてきたので振り返ると、恐ろしく不機嫌そうな夫がいた。

「……ステファン王子のほうがよかったのか？」

ラウノは、王子の言葉を訂正しなかった。

「今の、事実なんですか？」

じっと、ごまかすのは許さないと見つめると、視線を逸らされてしまう。

「確か、私が結婚を断るなら他の相手を考えなければならない……などとおっしゃっていましたが」

「嘘は言っていない。私との結婚を断るなら、君が他の相手と結婚しなくてはならなかった。いや、今の話は忘れろ。一生話すつもりはなかった」

「ラウノ……顔が赤くなってます」

「いいから忘れろ！」

「キスをしてくれたら考えます」

「弱みを握って、脅すつもりか？」

「どんな弱みですか？」

「本当は、王の命令……ではなかったことだ。王子を総督に就任させ、君を妻に据えるという打診があった。私はそれを断って、君に求婚をした」

「嬉しい……」

きっかけは王の命令だとばかり思っていた。でも王子をはねのけてまで、自分を求めてくれたのだ。こんなに嬉しいことはない。

今日は真実を知った記念日になる。……それに嬉しいことはもうひとつあった。

「私、あなたにご報告があるのですが……」

ベアトリスは内緒話をする仕草をした。ラウノが姿勢を低くしてくれたので、彼の耳元に顔を寄せる。

「――実は、赤ちゃんができました」

判明したばかりのとびきりの報告をすると、ラウノは無言で固まってしまった。

一緒に喜んではくれないのだろうか？　しばらく待っても何も言ってくれないので、ベアトリスは呼びかける。

「ラウノ？」

「……今、総督の地位を世襲制にする計画を練りはじめていたところだ」

数十秒で、彼の中で随分と話が飛躍してしまっていたようだ。

「そんな！　やめてください。私はいつラウノがクビになって、左遷されて、住まいが小さくなっても一緒にいられるのなら、それでいいんです」

「わかってる」

ラウノは頷いて、ベアトリスの手を握りしめる。それから二人は仲良く手を繋いで建物のほうへと戻っていった。

◇◆◇◆◇

数ヵ月前……まだラウノには婚約者も妻もいなかったある日の出来事だ。

その日、ラウノは国の平和のために苦楽を共にしてきた国王から呼び出され、内密な相談を受けていた。

「ルバスティ。私は今、第二王子の婚姻について悩んでいる」

「それは、私にはいささか不向きの事柄と存じます」

ラウノは恋愛や結婚を避けて通っている。今までにいくつかの縁談はあったが、所詮生い立ち不明の成り上がり者だ。気位ばかり高い家の者と縁戚になることが面倒だった。

それにラウノは、人を殺《あや》めることはできても、慈しみ愛することができる人間ではない。

それでももし結婚するとしたら──。

想像するとつい一人の顔が思い浮かんでしまうのだが、その者こそラウノが手を出していいような女性ではなく、本来は尊ばれるべき存在だから、卑しい自分に資格はないと打ち消した。

「まあ、最後まで聞け。二番目の息子は二十三歳になる。身内贔屓かもしれないが、なかなかよい男だと思う。そこでだ」

国王は足を組み替え少し前屈《かが》みになり、密談をはじめる仕草をとってから小声で続けた。

「そなたの屋敷にいるうさぎ……ベアトリスと名乗る女性を娶らせたらどうかと考えていた」

その時の自分がどんな表情をしていたかなど、絶対に鏡で見たくはない。

最初は国王が口にしたことが理解できない驚き。そしてどうにか整理していくと、焦りと戸惑いと怒りが複雑に絡みはじめる。

いっそ「ふざけるな！」と叫んで出て行きたい衝動に駆られるが、わずかに残った冷静な部分が、国王の言葉をしっかり理屈で受け止める。

「まさか、王子殿下をスヴァリナ地方に送り出すおつもりですか？」

「その通り。現在、死んだはずの公子を名乗る人物が現れたのはそなたも知っておるだろう。そのせいで反カルタジア勢力が勢いづいている。総督からは心の闇が濃すぎる書簡が届く始末だ。このままにしてはおけない。真実を確かめ、対抗できるとしたらカティヤ公女しかいない」

「…………」

暑くもないのに汗が出るのはなぜなのだろう。

これほどまでに気持ちが乱されたことが、今まであっただろうか。

国王は何もおかしなことは言っていない。反勢力の機運が高まっているかの地のことを、無策のまま放置するわけにはいかない。

現れた公子が統治を乱す存在なら、本物でも偽物でも構わず捕らえたいものだが、それをしないのは今の状態では市民の反発を増幅させるだけだとわかっているからだ。

そこで国王は、公子に対抗できる存在を明らかにして、対抗させようというわけだ。

スヴァリナ大公家の公女が、カルタジア王国の王子と結婚し統治する。理論ではこれ以上ない策と言えるだろう。

実際に国王からも揺るぎのない自信が見え隠れしている。

「そなたはこの十年間、カティヤ公女の監視と保護をまっとうした。保護者に承諾をもらうのが筋なのでな、一番先に話したのだ」

保護者という言葉が、どうにも胸のあたりに的確に刺さってくる。確かにラウノはベアトリスのことを保護対象として見ている……はずだった。だがその枠に収められることに納得できない自分がいた。

「……………お断りします」

　若かりし頃は上官に逆らったり喧嘩をしたりすることもあったラウノだが、国王にだけは刃向かった経験がない。

　難攻不落と言われた要塞を落とす計画を一日で考えろと言われた時も、敵の半分の兵力で勝てる作戦を考えろと言われた時もだ。

　しかし今、ラウノははじめて王に逆うと決めた。そして頭の中には瞬時に、逃亡計画が構築されていってしまう。

「理由は？」

　王は怒りこそしなかったが、あからさまに機嫌を損ねていた。だがラウノも折れることはしない。

「彼女はこのままベアトリスとして生きることを望んでいます。ですから……いまさら表に引きずり出すようなことは避けたいのです。保護者として！　容認できません」

「ではそのベアトリスをここに連れてくるがよい。直接本人に聞こう。もし第二王子では嫌だと言うのなら、第三王子でもよい。年下にはなるが、器量のよさは評判だし性格もよいからな。それでもだめだと言うのなら、好みに合った相応しい男を探してこよう。そもそも、いざという時手駒になるから見過ごせと、提案してきたのはそなただったはず」

　ラウノはぐっと喉を詰まらせる。

出会った時から身分について疑問に思っていたが、ベアトリスが病になった時に、医局で高価な薬を処方してもらうために「死なせてはならない理由」を述べて王に嘆願したのだ。確かに今のスヴァリナの現状は、その「いざという時」に該当する。

王はなおも言いつのる。

「彼女にはスヴァリナに行ってもらう。これは決定事項だ。諦めろ」

「……お、お待ちください！」

「何だ？　まだ何か不満か？」

「つまり陛下は、スヴァリナを安定させるためにベアトリスを使いたい。夫となる者は王子のどなたかではなくともよいということですね」

「まあそういうことになるな。総督として相応しい者で、他に候補がいるのならば考えよう」

「……その役目、私にお命じください」

「ルバスティ、そなた婚姻について、終わりのない拷問などと公言していたではないか」

「本日をもって撤回いたします」

ラウノが深々と頭を下げると、国王は耐えきれないとばかりに大きな声で笑いはじめた。

「いやいや……ルバスティの動揺する姿はなかなかおもしろかった。ではこれからは愛妻家として生きるがよい。冷酷参謀のままでは総督の任は務まらないからな。忘れるな、そなたがどうしてもと言うから任せるのだ。必ず結果を出せ」

ラウノはここでようやく、国王に嵌められたことを知る。

（しかし解せない――）

自分ですらはっきり認識できていなかった感情を、国王に知られていたということなのだろうか？　国王はベアトリスに会ったことすらないというのに。

ラウノはかなり混乱していたが、それよりこの先のことを考えなければならない。ラウノはどうにか冷静で真面目な顔を取り戻した。

「ひとつだけお願いがあります。最初一年、いや……半年で構いません。カティヤ公女の名を使わぬまま、対処させていただきたい」

「半年でできるのか？」

「やり遂げてみせます。必ず」

「では、許可しよう」

思わず安堵のため息を吐き出す。人生でこれほど緊張した時間はなかった。戦場で死ぬかもしれない状況に陥った時でさえ、今日のようにひやひやしたことはない。もう二度とごめんだ。

――そう思いかけた数時間後、ラウノは一日で緊張の最高点を二度も更新してしまう。

さっそく求婚すべく家に戻るため宮殿を出たラウノだが、途中でベアトリスを見つけて拾ってから、自分の身体に異常をきたすようになった。

ベアトリスを直視できないし、心音は乱れるし、しまいには頭の中で準備していたはずの求愛の言葉が、すべて吹き飛んでしまった。

書き下ろし番外編　おとぎ話でもあるまいし

偽公子事件の事後処理のために、ステファン王子が滞在している期間、スヴァリナ総督府はとても賑やかだった。

彼は「食事はなるべく大勢でとる主義」だと言い、毎日毎食ラウノとベアトリスを同席させるのだ。

「私の初陣の時に、彼は本当の戦い方を教えてくれた。だから私はルバスティ殿のことを心の師として仰いでいる」

「まあ……！」

王子殿下にまで尊敬されているラウノのことを、ベアトリスは誇らしく思った。

「その時のルバスティ殿は、実に陰湿でいて的確な誘い込みで、敵主力を罠にはめ、血祭りにあげたんだ。戦場に善人はいないと私は学んだよ。衝撃すぎて、さすがにしばらく食事が喉を通らなかった」

上機嫌のステファン王子の話を聞いていると、ベアトリスには彼が掲げたグラスに注がれた葡萄酒《ぶどう》の赤が、いつもより鮮やかに見えた。

「……殿下、戦争の話はベアトリスの前ではお控えください」

当然のごとくラウノはピクピクと顔を引きつらせている。

「ご夫人にはつまらない話だったかな」

まだ話し足りないのか、ステファン王子は残念そうだ。

「私の知らない夫の話が聞けて、興味深い部分はあります……」

ただベアトリスは、ラウノがいつ怒って王子に不敬をはたらくか不安になっている。

話を聞く限りでは二人は共に戦った仲であり、王族と臣を越えた関係であるようなのだが……。

ステファン王子もラウノのことをよくわかっているようで、時折からかい交じりな発言をしつつも、話題を変えてきた。

「なんだか二人を見ていると、私も早く結婚したくなってきたよ」

「殿下はまだ伴侶をお迎えになるご予定はないのですか？」

ベアトリスはラウノと結婚する前はずっとメイドとして生きていくと思っていたので、政治的な情報は収拾していなかった。

それでもステファン王子については、カルタジア国民に人気がある三人の王子の一人で、令嬢達に大人気ということくらいは知っている。

庶民が読むような三流新聞でも、よく取り上げられていたからだ。

「王族に生まれたからには、私は国のためになる結婚をすべきだと思っている。しばらく前にひとつ、結婚の話が出たんだが……。残念ながらその女性は、横槍を入れてきた男と結婚してしまったよ」

「そんなことが？」

ステファン王子に横槍を入れられる男性なんて、なかなかいない。

ベアトリスの乙女心が騒ぎ出す。この話、詳しく聞きたいと知らずに前のめりになっていた。

ステファン王子も、さらに語りたそうだった。

「どうやら二人は最初から両思いだったらしい。つまり私は当て馬だったというわけさ。それなのにわざわざ結婚式にまで出向いて、二人を祝福してきたんだ。王族も楽じゃない」

「殿下はとてもお優しいのですね」

ベアトリスが素直にそう言うと、ステファン王子はうんうんと、何度も頷く。

和やかな雰囲気の晩餐……と思いたいところだったが、ベアトリスがふと横を見るとラウノがこのうえなく凶悪な顔をしていた。

どこの誰かも知らない恋愛話のなにがそれほど気に入らなかったのだろう。

「……殿下、お戯れはほどほどに」

「私はルバスティ殿が大好きだから、嫌われる前に黙ることにしよう。ああ、しゃべりすぎて時間も遅くなってしまった。そろそろ休まなくてはな」

そうしてステファン王子は、満足した様子で食堂から出て行った。

ベアトリスはこの数日後、ステファン王子の言う女性が自分だと知ることになるのだった。

ベアトリス達も部屋に戻って、眠る支度を調えた。

「ラウノ、では……おやすみなさい」

「ああ……」

すでにラウノが理想としているベアトリスの就寝時間を過ぎてしまっている。

こういう時のラウノは、自身は時間を守らず遅くまで書類仕事をしていたとしても、ベアトリスに対しては「早く寝ろ」とうるさいくらいに言ってくるはず。

だからこの夜も彼のお小言が飛んでくる前に、さっさと寝ることにした。

横になり毛布をかける。今夜はラウノも仕事をしなくていいのか、すぐに燭台の灯りを消して寝台に入ってきた。

ベアトリスはさりげなくラウノのほうへと身を寄せる。抱きしめ合って眠りたいという主張をしすぎても、ひねくれ者の夫は素直に応じてはくれない。

最初は触れるか触れないかくらいの距離にしておいて、じわじわと寝ぼけたふりをしながらくっつく方法が効果的だ。

そう思っていたのに、いつもとなにかが違う。

（なんだろう……？）

ベアトリスが狙って動かずとも、ラウノとの距離が近い。すでに密着している。それは勘違いではなく、やがてラウノはベアトリスの背中に手を回してきた。

「ベアトリス……」

ラウノはそう甘く囁き、ベアトリスの首筋に口づけをくれた。

（うそ……）

なんでもない日……たとえばベアトリスが落ち込む出来事やお互いの気持ちを確かめたくなるような出来事もなかった日に、ラウノが積極的に求めてくれることはほとんどなかった。

ましてや普段なら寝ろ、寝ろと言い出す時間に……。

「んっ……」

ラウノは首筋にキスをしながら、ベアトリスの胸の膨らみに触れてきた。

（勘違いじゃ……ない？）

彼にも、理屈やルールを無視してベアトリスを求めてくれる瞬間があるのだと思うと嬉しくなる。

ほんの小さな新しい一面を見せられただけで、こんなにも舞い上がりドキドキしてしまうから、ベアトリスは単純だ。

身体を密着させるとベアトリスの腿のあたりに、熱を持ち硬くなったラウノの昂りを感じる。

「ああ……ラウノ、熱いです」

彼のものがとても熱くなっている、そういう意味だったのに……。

ラウノはベアトリスのナイトドレスの前紐を解いて、はだけさせてきた。熱いなら脱がせてあげようとでも思ったのだろうか？

さらけ出された胸に、そうするのが当たり前かのようにラウノがむしゃぶりついてくる。

「んっ、あっ……」

じゅっと吸われると、たまらず甘い嬌声が漏れる。

ベアトリスは襲ってくる快感に耐えようと、ラウノの頭部を抱えた。それが「もっと」とねだっているようであり、ラウノは応えるようにより深く、強く胸を吸い上げてくる。

わざとなのか同時にラウノは、ベアトリスの秘部に自身の熱く滾《たぎ》ったものを押し当ててくるものだから、急いた気持ちになってしまう。

「下も……下も熱いです」

今度は意図的に、ベアトリスは解放をねだった。

「すまない。自分でも、なぜこんな性急なことをしているのかわからない」

謝罪しながらベアトリスのドロワーズを脱がせたラウノは、そこで自分の前も解放し、昂りを直接押し当ててくる。

二度、三度入り口のあたりでラウノが先端を動かすと、待ちわびていたかのようにベアトリスの中から蜜が溢れてくる。接触している部分がぬるっとした感覚に変化した。

するとラウノはためらわず、剛直を中に埋めてきた。

「んあっ、気持ちいい……嬉しい」

「ゆっくり、するから」

繋がるまでの余裕のなさを挽回するよう、ラウノは急に慎重になる。口付けを交わしながら、深い場所でゆるゆると腰を動かされるたび、ベアトリスは彼の昂りを締めつけ、その形を意識させられる。

「ああ、ラウノ……私、もうっ、んん」

あまりのじれったさに、ベアトリスが半泣きになって懇願するまで、時間をかけてたっぷり愛された。


翌朝、ベアトリスが起きるとラウノの姿が見当たらなかった。

はじめは寝坊かと慌てたが、幸いにして、朝食の時間は過ぎておらずほっとする。

今の総督府は王族を迎えている大切な時期だ。総督夫人が朝寝坊なんて醜態は晒せない。

(でも、さすがに少し眠くて怠いわ……)

使用人として過ごしていたベアトリスは、朝は苦手ではないと自負していたのだが、今朝はやたらと眠い。

ベアトリスは大きなあくびをしたあと、寝台から出て身支度を整えた。

朝食の時間までにはまだ少し余裕があったので、部屋を出て外に向かう。

けだるさを取り払うために、外の空気が吸いたい気分だったのだ。

総督府である旧スヴァリナ城は城塞として機能優先で建てられた城なので、優雅な庭園は存在しない。城の中に人工的につくられた簡素な庭があるだけだが、天気のよい日は海を臨むことができるので景色はよい。

「あら……？」

ベアトリスが外へ向かう扉を開けると、活気ある声が届いた。

どうやら庭には先客がいたらしい。

ラウノとステファン王子、それに兵士の何人かの姿がある。

キーン、キーンと、ラウノとステファン王子が持つ剣がぶつかり合う音が響いた。二人が剣の模擬試合をしていて、それを兵士達が見守っているようだ。

ベアトリスは兵士達と一緒に、そこで見学をしようとした。でもすぐにラウノに気付かれてしまう。

「ベアトリス……なぜここに」

はっとした顔のラウノが、剣を下ろしてステファン王子に終了を告げていた。

入ってきてはいけなかったのだろうか？

「殿下、そろそろ朝食の時間です」

「ああ、そうだな。ルバスティ殿と久々に手合わせができてよかった。旅のよい思い出だ」

二人は汗を拭き、すぐに撤収しようとするので、ベアトリスはラウノに申し出る。

「どうしてやめてしまうんですか？　もっと見ていたいのに……」

ラウノが剣を振るう姿を見たのは、おそらくはじめてだ。とても新鮮で、素敵だと思えた。

彼は参謀としての手腕が有名だが、もともとは傭兵だったからきっととても強いのだろう。

しかしラウノは、ベアトリスの願いを聞き届けるつもりはないようで、横を通り過ぎ、建物の中へと入っていってしまう。

朝食前に着替えをするため部屋に戻るのだろうが、今朝はとても素っ気ない。

ベアトリスは、そんな彼を追いかけていった。

「ラウノ！　待ってください。……今度、鍛錬する時は見学してもいいですか？」

食い下がってみると、ラウノは立ち止まりため息を吐く。

「君は戦いなど好まないだろう。余計なことを思い出すかもしれないから見ないほうがいい」

「鍛錬と本当の戦いくらいは、私も区別できます。あの、でも……」

ベアトリスは、気付いてしまった。

「もしかして、今までもそうだったんですか？　私に見せないようにしていたんですか？」

ラウノはベアトリスを一瞥し、「フン」と鼻を鳴らしただけで答えてはくれない。

でも否定しなかったから、そうなのだろう。

彼の場合、否定してきてもそれが真実とは限らないのだが……。

（子どもの頃から、ずっとだったんですね）

思えばはじめて会った日も……奴隷商人の船で、ベアトリスに残酷な場面を見せないようにしてくれた。

（冷酷な参謀……冷酷な総督……）

そう呼ばれている彼のわかりにくい優しさを、スヴァリナ全土に知らしめたい。でも自分だけの秘密にもしておきたい。

ベアトリスは、再び歩きだしたラウノに怒られないよう、彼の背後でこっそり口元を緩めた。

ステファン王子は明日には帰る予定になっている。

日が暮れてからは宴が開かれた。当然のごとくステファン王子自ら盛り上げてくれたので、みな楽しく過ごしていた。

ただベアトリスは途中から、なぜだか食事をするのが辛くなっていった。

「奥様……あまり顔色がよくないようです」

すべての料理が提供されたあと、こっそり近づいてきたヘレンが、声をかけてくれる。

ベアトリスはそっと退席をしてヘレンに打ち明けた。

「ちょっと吐き気がするだけです。お肉を食べ過ぎてしまったかも。お客様がいる時に具合が悪いなんて言ったら、大騒ぎになるから内緒にしておいてください」

一度は宴に戻ろうとしたが、ヘレンがそれを止めてくる。

「だめですよ。いったんお部屋に戻りましょう？」

ヘレンが珍しく「だめ」と言ったから、ベアトリスは黙って彼女に従うしかない。

二人で自室に戻ると、ヘレンはとにかく休むようにと椅子を勧めてくる。そうして彼女はベアトリスの手を握って言った。

「奥様、私はあいにく機会に恵まれず経験がないので確証はないのですが、もしかしたら……。とにかく医師に診てもらったほうがいいでしょう」

「……それって？」

ベアトリスは、ヘレンがなんの心配をしているのか理解し、目を見張る。

「妊娠……ではないかと。少しでも可能性があるのなら医師を呼びましょう」

「……うそ、私」

偽公子事件の処理や、ステファン王子の来訪で忙しくて、自分の体調について深く考えていなかった。月のものは確かにしばらく来ていない。

「ヘレンさん……どうしましょう、私」

自分でも、なぜこんなに動揺しているのかわからない。ドキドキして、少し怖くて、とても不思議な感覚だった。

「落ち着いてください」

すぐに医師が呼ばれ、ベアトリスは部屋で診察を受けることとなった。

丁寧に診てくれた医師が出した見解は、ヘレンの言った通りのものになる。

「ご懐妊、ということでよろしいかと思われます」

「私のお腹に、赤ちゃんが？」

「はいそうです。今は大切な時期です。くれぐれもご無理をなさいませんよう」

それが夢ではなく現実なのだとわかった瞬間に、ベアトリスの瞳から涙が零れだす。

「まあ、まあ、不安になる必要はありませんよ。皆がついていますからね」

ヘレンに優しく声をかけられて、ベアトリスは余計に泣きたくなった。

「違うんです。嬉しくて……。だって、新しい家族ができるんですよ」

以前、ラウノは言ってくれた。「君が失ったものを、少しだけ取り戻してやりたかっただけだ」と。

ベアトリスの失った多くのものは、本当の意味で取り戻すことができないものだ。それでも、彼が与えてくれるものが嬉しかった。

もう十分だと思っていたのに、今日はこれ以上ないくらいの贈り物をもらった気持ちになる。

「ラウノには明日、私から言います。ステファン殿下をお見送りしてからでないと……失礼なことになる気がして」

「そうですね、わかりました。では、奥様はもうご就寝になりましたとだけ伝えておきますね」

果たしてラウノは素直に喜んでくれるだろうか？

寝台に入ったベアトリスは、大喜びするラウノの顔を想像してみたが、どうにもうまくいかなかった。

翌日、ステファン王子を見送ったあとラウノに報告すると、彼は固まってしまった。飛び出てきた不穏な計画は、彼なりの喜びを表していたようだ。

◇◆◇◆◇

数ヵ月後。

「寝ろ。今すぐ寝ろ。早く寝ろ。三十秒以内に寝ろ」

ベアトリスのお腹が大きくなるにつれ、ラウノの過保護からくる口うるささは、増していった。

「この時期になると、睡眠が浅くなるのはどうしようもないことらしいです」

「だが、一人でふらふらするんじゃない」

寝付けなかったベアトリスは、気分転換に夜の散歩をしようとしたのだが、ラウノに見つかって寝室に連れ戻されたのが、つい先ほどの出来事だ。

「眠れないので、少し付き合ってください。子守歌を歌えとは言いません。……そうだラウノに質問をしてもいいですか？」

「なんだ？」

「昔話が聞きたいです。だって、あなたは私のことをすべて知っているのに、私はなにも知らないんですよ」

「いや、十分知っているはずだ。はじめは傭兵団にいて、そこからカルタジア正規軍に……暗部を立ち上げたあと、参謀に……」

淡々と語り出したのは、ただの経歴にすぎない。

「もっと深い話が聞きたいです」

「戦いでの戦術を語ればいいのか？　精神衛生上あまり勧められない」

「私はあなたが子どもの頃の話が聞きたいです。いつから気難しい子だったのですか？」

それはラウノにとって、楽しい話ではないかもしれない。でも夫婦なら、いい思い出も悪い思い出も共有したい。そんな考えはわがままだろうか？

「誰が気難しいんだ！」

ラウノは寝台で横になっているベアトリスの額を、指で弾こうとした……が踏みとどまって代わりに指先で、髪を梳いてくれる。

そうしてため息をつきながら言う。

「子どもの頃のことは、よく覚えていない」

ベアトリスは目を丸くした。

普段のラウノは細かいところまでよく記憶しているから、忘れっぽい人ではないと思っていた。

「傭兵団に拾われたのが、十歳くらいの頃。名前と年齢くらいは言えた。春が来た回数で数えていたから、正確な誕生日はわからない。その前に浮浪児としてその日暮らしをしていた期間が三年ほどあるはずだ。そしてその前は……」

「その前は？」

「そこが定かではない。読み書きは教わらなくともある程度できていたから、まともな親がいたのかもしれないが。……まあ、混乱期のよくある話だ」

「子どもの頃のあなたは、私と似ていますね……」

でもベアトリスはすぐにラウノと出会えた。彼はそうではなかった。一人になった時に、優しく手を差し伸べてくれる人は誰もいなかったのだ。

幼い頃の思い出を忘れてしまうくらい、酷い出来事が彼を襲ったのかも知れない。想像すると悲しくなる。

「そのちんくしゃな顔はやめるんだ。楽しいことを想像しろ」

咎められ、ベアトリスは彼の言う通り楽しい想像をしてみた。

「では、ラウノはどこかの国の王子様で……」

「そういう振り切れた妄想はやめろ！　ありえない。おとぎ話でもあるまいし」

よほど気に入らなかったのか、彼は背中を向けてしまった。

いくら口が悪くとも、眉間に皺が寄っていようとも、ベアトリスにとってのラウノはおとぎ話に出てくる唯一の王子様であることは変わりないのに。

あとがき

こんにちは！　戸瀬《とせ》つぐみです。「冷酷参謀の夫婦円満計画※なお、遂行まで十年」の文庫版をお手に取ってくださって、ありがとうございます。

２０２２年の秋に電子書籍として刊行、ご愛読いただき、このたび文庫本として本屋さんに並べていただけることとなりました。

電子版から応援してくださった皆様、ありがとうございます。

新しく知ってくださった読者様、ツンが強いオッサン（お兄さん）のラウノと、めげないベアトリスのカップルはいかがでしたか？

文庫版限定の番外編も一緒にお楽しみいただけると嬉しいです。

イラストを描いてくださったｙｕｉＮａ先生、コミカライズを担当してくださっている寿《ことぶき》千花《ちか》先生、担当編集者様、出版にかかわってくださった皆様、大変お世話になりました。お礼申し上げます。

本作品のコミカライズは絶賛連載中です！　寿先生がストーリーやキャラクターを深掘りしてくださって、とっても素敵な物語になっております。漫画もぜひぜひチェックしてくださいね。

作品を通して、また皆様にお会いできますように！

戸瀬つぐみ

冷酷参謀の夫婦円満計画
Nao, suikou made 10 nen
※なお、遂行まで十年
コミカライズ連載中♥
各電子書店にて大好評配信中！
漫画 寿千花/原作 戸瀬つぐみ/キャラクター原案 yuiNa

ロイヤルキス文庫 more をお買い上げいただきありがとうございます。
先生方へのファンレター、ご感想は
ロイヤルキス文庫編集部へお送りください。

〒102-0073　東京都千代田区九段北3-2-5　5F
株式会社Jパブリッシング　ロイヤルキス文庫編集部
「戸瀬つぐみ先生」係　／　「yuiNa先生」係

✦ロイヤルキス文庫HP✦ http://www.j-publishing.co.jp/tullkiss/

冷酷参謀の夫婦円満計画

※なお、遂行まで十年

2025年2月28日　初版発行

著　者　戸瀬つぐみ

発行人　藤居幸嗣

発行所　株式会社Jパブリッシング
〒102-0073　東京都千代田区九段北3-2-5　5F
TEL　03-3288-7907
FAX　03-3288-7880

印刷所　中央精版印刷株式会社

ISBN978-4-86669-745-1　Printed in JAPAN